Les mots qu'on dit avec les yeux

Charlie Wat

Les mots qu'on dit avec les yeux

ISBN : 9798344425177

– 1 –

Ceux qui travaillent aux Grandes Galeries

Il est 9h30. Le son de la vuvuzela résonne dans l'immense magasin.

Vendeurs titulaires, vacataires embauchés pour les fêtes, membres de de sécurité, techniciens de surface, agents de maintenance se rassemblent bon an mal an autour de Charles, juché sur un marchepied.

Ça fait du monde.

Parmi eux, Murielle, vendeuse en cosmétique ; Catherine des arts de la table ; Yves, du rayon montres, pendules et réveils ; Fabrice, aux baskets ; Robert, le chef du PC sécurité ; Damien, des luminaires ; Lucile, sans rayon fixe.

Le directeur remonte ses lunettes et envisage le peuple turbulent des Grandes Galeries.

À nouveau, la vuvuzela. Cette fois, les discussions se tarissent.

— Bien, en route pour notre *briefing*…

Le nez sur une fiche bristol, il déclame la litanie des chiffres de vente à atteindre. Aujourd'hui, c'est samedi, on met la gomme sur les baskets.

— On est d'accord, Fabrice ?

Fabrice opine.

— On ne lâche pas non plus la nouvelle gamme des rouges à lèvres pailletés de chez Flor, lance-t-il à Murielle.

Murielle lève le pouce. Puis chuchote à sa voisine :

— Personne n'en veut, ça brille tellement qu'on dirait que tu as du jus de de dinde plein le bec.

Charles poursuit :

— Les nouveautés à présent. Nous n'aurons pas de Père Noël avant plusieurs jours. Celui que devait nous envoyer l'agence a dû être hospitalisé hier soir en raison d'une gastroentérite et, en ces temps de fêtes, les Pères Noël s'arrachent comme des petits pains.

Une onde amusée parcourt l'assemblée. Quelqu'un propose le cousin de sa gardienne, au chômage depuis Mathusalem. Charles repousse la suggestion et rappelle qu'une boîte à idées se trouvent toujours à l'entrée de son bureau.

— Dites, Damien…

À son nom, Damien se redresse. Le chef désigne le sapin de 23 mètres érigé sous la coupole en verre, au centre du magasin.

— Il faudra refaire le tour des leds, annonce-t-il. Certaines d'entre-elles sont défectueuses. Ça atténue le rêve.

— Moins que la gastro du Père Noël, raille Murielle, en dessinant à son tour une paire de guillemets dans l'air.

Les rires ricochent d'un employé à l'autre. Même Charles peine à cacher son amusement.

— Cette élégante intervention me fait penser que j'allais oublier le plus important, reprend-il sitôt l'hilarité évanouie. Valérie du rayon jouet est arrêtée jusqu'au 1er janvier. Lucile, c'est vous qui la remplacerez. Le rayon jouet est le plus important en cette période. Alors je compte sur vous. Toutes les Grandes Galeries comptent sur vous. Vous serez notre fer de lance. Je passerai vous voir dans la journée pour vous donner votre feuille de route. Sur ce, mes chers collaborateurs et amis, je vous souhaite une journée pleine d'entrain. N'oubliez pas, une équipe au diapason, c'est… c'est…

—… des clients à foison, complète le chœur des employés d'une intonation mi-morne, mi-goguenarde, avant de se disperser dans les travées.

— Alors, que ressentez-vous à quelques minutes de livrer votre prochaine bataille ? persifle Damien en tendant un micro imaginaire à Lucile alors que l'escalator les conduit au quatrième étage. Ne craignez-vous pas ces hordes de gamins qui viendront piller vos rayonnages ?

On raconte qu'ils ont décimé des escouades d'employés entières…

Lucile gonfle les joues. Le rayon jouet est celui que redoutent tous les vendeurs volants des Grandes Galeries. Entre les enfants qui veulent tout tester et les adultes qui dévalisent les étalages… Elle soupire :

— Ouais bah vivement le 15 janvier.

Les premières notes d'*All I want for Christmas* suintent des haut-parleurs. Lucile grimace. Elle a autant envie de rejoindre le rayon des jouets que d'avaler un verre de terre.

« Il est dix heures, le magasin ouvre ses portes. Bienvenue à nos premiers clients bien aimés ! », chantonne Charles dans le haut-parleur.

Une vague d'enfants surexcités investit les lieux. Quel enfer.

— Le devoir vous appelle, à tout à l'heure pour le déjeuner ! continue à blaguer Damien. Et d'ici là, force et courage, soldat ! Notre armée de Grands Galériens compte sur vous !

— C'est ça. Va t'occuper de tes lampes !

— Force et courage, soldat ! Force et courage ! répète Damien en s'éloignant vers son rayon, un V en signe de victoire au-dessus de la tête.

Déjà, les gosses et leurs parents dévastent les rayonnages. Lucile soupire et se traîne, allez ma fille, rappelle-toi que toute journée commencée est sur le point de s'achever. Plus que 7h52, sans compter la pause.

En face, au milieu des luminaires, Damien revisse l'ampoule d'une lampe d'exposition. Croisant le regard de Lucile, il se met à chalouper au rythme de la musique. En retour, Lucile esquisse un discret pas de danse. Soudain, une toux.

La jeune femme se fige.

— Je suis ravi de constater que votre nouvelle mission vous met en joie, articule la moustache frétillante de Charles. Comme promis, voici un pense-bête des références à réassortir régulièrement.

Lucile revêt illico une attitude attentive et prend connaissance du document.

Un nounours-veilleuse, ok.

Des ustensiles pour élaborer des bonbons en forme de monstres, ok.

Elle sourit en remarquant la présence des boules magiques qui répondent aux questions quand on les secoue. Comme de nombreuses adolescentes du début des années 2000, elle en possédait un exemplaire. Combien de fois l'avait-elle consultée en secret ? D'ailleurs, qu'est devenue cette boule ? Sûrement au fond d'un carton encombré de poussière et de moisissure, dans le grenier de ses parents, avec le reste de son cœur et de son ancienne vie.

Charles pointe une ligne sur sa fiche.

— Je vous ai noté ici le nom et le numéro de l'agence, pour le Père Noël… Je vous laisse appeler de temps en temps pour voir si la situation se débloque. Ça ira pour vous ? Évidemment, j'accours au moindre problème… sauf si c'est le 23 décembre.

Il se penche vers elle dans une posture de confidence.

— Ma femme m'a posé un ultimatum : l'Ile Maurice pour les fêtes ou le canapé à perpét'. Elle prétend que je travaille trop et que je la délaisse. Du coup, nous prendrons l'avion le 23 en fin d'après-midi. Pour la première fois depuis que je suis entré aux Grandes Galeries, je ne serai pas là pour le raout de la veille de Noël. Une chance que je puisse compter sur une équipe du tonnerre pour faire tourner la boutique en mon absence.

Il prend une longue inspiration et embrasse d'un regard circulaire la ruche bourdonnante du magasin et le sapin dont la cime dépasse le quatrième étage.

— Ce lieu ne cessera jamais de m'émerveiller. Et en cette période fabuleuse de Noël, il est encore plus beau ! Je vous laisse à vos jouets ! Passez une joyeuse journée !

Joyeuse, tu parles, se navre Lucile pendant que le directeur la quitte en sifflotant. Voilà quatre ans que cette fête la plonge dans un chagrin abyssal. Le bonheur des autres est un acide instillé dans ses veines.

.

– 2 –

Celui qui reçoit un colis inattendu

La sonnerie de l'interphone trouve Jérémy au fond de son lit, grimaçant sous l'assaut d'un soleil gris. Probablement une erreur, personne ne sonne jamais à sa porte. Il flanque l'oreiller sur sa tête, la couette sur son oreiller, se retourne face au mur.

Dring driiiiing.

Jérémy se retourne à nouveau pour vérifier l'heure. 10h03. Soit à peine six heures depuis qu'il a livré cinq pizzas à un groupe de supporters avinés en pleine troisième mi-temps. Arrivées froides, bien entendu, puisque son GPS le situe toujours ailleurs que là où il se trouve. Résultat : les gens râlent parce que le repas met du temps à être livré et qu'il arrive à moitié congelé. Du coup, Jérémy passe son temps à se faire engueuler.

Après cette ultime livraison, Jérémy a éteint l'application Uber Eats et pédalé jusqu'à la station Vélib' près de son domicile. Exténué mais ravi de voir s'achever sa carrière de livreur sur l'autel d'une Palme d'Or, il a rejoint sa chambre de bonne où, pressé d'entamer le nouveau jour du reste de sa vie, il s'est couché. Il s'est même endormi en préparant son discours.

Oui parce que bientôt, il jouera dans un film et gravira les marches à Cannes pour récupérer son prix d'interprétation masculine. Que Delon, Pitt, Di Caprio et consorts se préparent, ça va faire mal.

Enfin, pour le moment, Jérémy est surtout un couteau suisse, un peu plein de choses. Un peu livreur Uber Eats, donc ; un peu sosie de David Bowie et Claude François, en somme un peu tout ce qui lui permet de payer ses factures. Entre deux, il court les castings, films, courts-métrages, publicités, tout pourvu que ça lui donne une chance de se faire repérer.

Hier, coincé entre deux Mylène Farmer et trois Johnny Halliday dont l'un était chauve, il a surpris une conversation. Y était question d'une annonce au sujet de la sortie d'un livre d'une énorme vedette du petit écran de son enfance. Flairant le bon plan et l'opportunité d'une carrière, il s'est précipité à l'adresse.

La vedette en question, c'est Henri Dalmand. Animateur adoré des enfants des années 80 à 2000 qui a fait les belles heures de la télévision, heureux créateur du personnage de Pandadi qu'il met en scène dans des livres pour enfants à grand succès.

D'accord, Henri Dalmand, ce n'est ni Steven Spielberg ni Claude Lelouch. Mais tout de même, le type est célèbre, il a des contacts dans le milieu, de quoi pousser un jeune prodige comme lui dans la lumière.

Fort de son culot, de sa gouaille et de sa belle gueule (cocktail qu'il qualifie de talent), il a dégoté le job sans effort et signé le contrat aussi sec auprès d'une assistante visiblement surbookée.

Ainsi a-t-il été acté que, à compter de bientôt (on reviendrait rapidement vers lui pour de plus amples informations, a assuré l'assistante en se mordant l'intérieur des joues), Jérémy accompagnerait la dite-vedette durant sa tournée promotionnelle.

Le téléphone maintenant. La barbe…

Jérémy soulève une paupière. Numéro inconnu. Super. Il décroche, davantage pour faire cesser le vacarme que pour savoir ce qu'on lui veut et qui, maintenant que Jérémy est une star, devra attendre, non mais.

— Vous êtes chez vous ?

Jérémy grogne une réponse.

— J'ai une livraison. J'arrête pas de sonner mais ça sonne dans le vide. Vous êtes là ou pas ?

À peine le temps de se lever et d'enfiler un tee-shirt au-dessus de son caleçon que le livreur tambourine à la porte. Dôté d'une sympathie parcimonieuse, le gars déboule dans la pièce ni bonjour ni merde, dépose un énorme carton et intime à Jérémy l'ordre de parapher le bordereau.

— Ici, précise l'homme en écrasant une énorme phalange dans un minuscule rectangle.

Circonspect, Jérémy se risque à demander la provenance du colis vu qu'il n'attend rien. L'autre rouspète qu'il n'est que le livreur dans cette affaire et que la prochaine fois qu'on n'omettrait de le prévenir qu'il n'y a pas d'ascenseur, il abandonnerait le carton sur le trottoir et arrivera ce qui arrivera.

Là-dessus, il claque la porte.

Seul, Jérémy avise la grosse boîte avec méfiance. Après deux secondes à l'épier, il la soupèse. Elle s'avère plus légère qu'elle n'y paraît. Quelques secousses plus tard, il se décide à planter un couteau dans le scotch brun.

Il soulève un bord, puis l'autre, et découvre avec stupéfaction la tête écrasée d'une bestiole en peluche qui le regarde gentiment. Tirant la tête à lui, il pousse par mégarde un petit interrupteur situé près du menton, provoquant les clignotements multicolores d'un lumignon au bout du museau.

Il pousse le bouton en sens inverse avant d'extraire la suite de ce qui ressemble à un costume : une longue combinaison de poils orange et blancs sur le ventre, des bras et des jambes velues, deux énormes pattes au bout.

Un déguisement. Jérémy n'en a commandé aucun. Il doit y avoir erreur.

Alors qu'il s'apprête à remettre le costume dans le carton en vue d'un retour à l'envoyeur, il remarque la présence d'une grande enveloppe.

Et sur l'enveloppe, son nom et son prénom. Un homonyme ? À la même adresse ? Hum…

Il plonge sa main dans l'enveloppe. À l'intérieur, une clé USB, le mode d'emploi du costume ainsi qu'un bristol à l'en-tête des éditions Madral, signé d'Émilie, l'assistante avec qui il a signé le contrat hier.

Conformément à notre échange, je vous prie de trouver ci-joint l'équipement nécessaire à votre prise de fonction.

Nous vous attendons ce soir à 18h.

Bien à vous,

Émilie

Il connecte la clé USB à son ordinateur. Deux fichiers jaillissent sur l'écran.

Le premier contient l'audio de la chanson *Pandadi Pandadou*, familière de nombreuses cour de récréation. Mais si Jérémy reconnait les paroles, la nouvelle version de la mélodie le laisse dubitatif. Passée au tamis d'un DJ quelconque, la musique possède désormais d'étranges accents techno house. De même, la voix du panda, à l'inflexion jadis proche de celle d'un gros nounours mou du genou, s'est vue appliquée un *autotune* affligeant et se rapproche à présent de celle d'un rappeur énervé.

Le second fichier maintenant. C'est une vidéo. Elle met en scène un Pandadi identique à celui du carton, accompagné d'une chorégraphe. Celle-ci est vêtue d'un justaucorps et de jambières assorties au pelage flamboyant du panda.

Tous deux sont placés devant la maison de Pandadi.

La danseuse décompose chaque pas en les affublant de petits noms censés faciliter leur mémorisation : hélicoptère pour un mouvement rotatif des bras, planeur pour les bras à l'horizontal, trampoline pour des petits sauts, popotin pour un balancier des fesses, etc.

Elle invite Pandadi à imiter chacun de ses mouvements, poussant un petit couinement à chaque fois que le panda bouge un poil, déclenchant chez le panda des mimiques gênées et des scintillements de museau. Après cinq bonnes minutes de ce régime, la mélodie *Pandadi Pandadou* 2.0 résonne. La chorégraphe et la créature se lancent dans un ballet synchrone et endiablé, encourageant un public imaginaire à rejoindre la danse.

Jérémy s'est engagé hier sans tergiverser. Fidèle à son habitude de saisir les opportunités qui se présentent et convaincu que côtoyer Dalmand constituerait, sinon une rampe de lancement, du moins un étrier utile, il a lu le contrat en diagonale.

Contrairement à ce qu'il s'est figuré, on n'attend pas de lui qu'il fasse office d'homme à tout faire d'Henri Dalmand durant ses déplacements promotionnels. En réalité, sa mission est d'incarner la version disjonctée de Pandadi.

De toute façon, c'est trop tard pour reculer. Le bon côté, se rassure-t-il en s'accrochant comme toujours au verre à moitié plein, c'est qu'il dansera aux côtés d'Henri Dalmand. N'a-t-il pas rêvé, enfant, d'approcher l'animateur ? Comme quoi, les rêves finissent toujours par se réaliser. Encore une preuve, s'il en était besoin, qu'il suffit de se baisser pour récolter les opportunités.

– 3 –

Celle qui apprend une mauvaise nouvelle

Après avoir enfoncé son badge dans la pointeuse et salué l'agent de sécurité, Lucile pousse la porte de service. L'humidité la cueille aussitôt. Elle se sent toujours un peu saoule en sortant du magasin.

Elle lève le nez vers le ciel barbouillé de nuages gris, zippe la fermeture éclair de sa doudoune, enfile son bonnet et s'adosse près de la porte en agitant ses genoux pour juguler le froid.

Elle promène son regard sur la rue qui l'environne.

Près de la bouche de métro, un homme cuit des châtaignes sur un baril rouillé. Un peu plus loin, des gens chargés de paquets estampillés « Grandes Galeries » patientent au passage piéton. Deux adolescents partagent un cornet de frites tandis que des parents traînent des gamins emmitouflés.

Lucile détourne les yeux. Ce bonheur ne la concerne pas.

Heureusement, Damien ne tardera plus.

Bras croisés sur la poitrine, elle souffle des tunnels de vapeur jusqu'à ce que la sonnerie de son portable fasse éclater le cercle de buée. Elle enfonce ses doigts rougis dans son sac à main et s'empare de son téléphone. Sa mère. Elle prononce un allo désabusé.

— Ah, ma douce ! Je suis avec Louise, on t'a mise en haut-parleur.

— Coucou, frangine ! s'exclame une voix lointaine.

— Salut…

— On voudrait savoir si tu as changé d'avis pour le réveillon, reprend sa mère.

— Tu sais bien que je travaille...

— Justement, Louise a eu une super idée ! Vas-y, explique à ta sœur, Louison.

— C'est très simple, je demande à Guillaume de t'arrêter. Je ne sais même pas pourquoi on n'y a pas pensé avant !

— Euh, peut-être parce que c'est illégal ?

— Mais non, arrête d'avoir peur, Guillaume n'y voit aucun inconvénient. En tant que médecin, il sait à quel point une fête de famille est bénéfique pour le stress.

— Louise, ton mari est orthopédiste, pas psy…

— Justement ! Tu n'imagines pas le nombre de fractures dues au surmenage. On est crevés et hop, on se casse le pied en mille morceaux, logique. Alors, c'est bon, tu seras des nôtres ?

— Tu ne vas tout de même pas nous faire croire que les Grandes Galeries n'ont pas assez d'employés pour se passer de toi quelques jours, argumente sa mère en reprenant le combiné.

Lucile inspire.

— C'est pas si simple…

— Surtout quand on ne veut pas y mettre du sien…, tranche la mère. Dis-moi, tu comptes pleurer toute ta vie ?

Zéro surprise, cette conversation est du même acabit que les précédentes. Lucile regrette d'avoir décroché. Elle ironise :

— Peut-être bien que oui…

— Oh la la, Lulu, grince Louise, ce que tu peux être déprimante. Ok, Julien était un sale con, mais c'est pas la fin du monde. Il ne te méritait pas, voilà tout.

— D'ailleurs, feule la mère, on t'avait prévenue.

— Bon, Maman, n'en rajoute pas non plus, c'est pas la faute de Lucile si… Enfin bref, ma Lulu, écoute, ça fait quatre ans. Il est temps de reprendre ta vie en main.

— Ça, à trente-trois ans, il est plus que temps, s'acharne sa mère.

— Maman ! se récrie Louise.

— Bon, d'accord, ce que j'en dis… Ce n'est pas moi qui ai inventé le concept de l'horloge biologique à ce que je sache.

— Allez, Lulu, fais un effort, supplie Louise. Doudou sera si content d'avoir sa tante à ses côtés quand il ouvrira ses cadeaux !

Le fils de Louise et Guillaume a dix-huit mois. Il ne remarquera pas l'absence de Lucile, bien que d'après ses parents, il montre des signes évidents de précocité. C'est à peine s'il ne sait pas déjà lire, à les écouter.

— On fera comme l'année dernière, réplique mollement Lucile, tu n'auras qu'à m'envoyer une vidéo sur WhatsApp.

Que Lucile, une fois de plus, ne visionnera pas, parce que le spectacle d'une famille heureuse, merci bien.

— Laisse tomber, Louise, tu vois bien que ta sœur a réponse à tout, siffle la mère. Renoncer aux plaisirs de la vie pour un chagrin d'amour, je ne comprendrai jamais.

— Peut-être que c'est parce que tu n'en as jamais eu, toi ? proteste cette fois Lucile, piquée au vif. C'est vrai quoi, Papa et toi, vous filez le parfait amour depuis combien, quarante ans ?

— Détrompe-toi, ça n'a pas toujours été simple entre nous…

— Ah oui, pardon, j'oubliais vous vous êtes écharpés une fois sur la cuisson du rôti, persifle-t-elle.

— Cette fois, ça suffit. Ta sœur refusait que je te mette au courant…

— Non, Maman ! conjure la sœur.

— Laisse-moi parler, Louise. Je vois bien que Lucile a besoin d'un déclic. Et comme personne n'a le cran de rien dans cette famille, c'est toujours la même qui doit s'y coller… Lucile, tu m'écoutes ?

— Lucile, bouche-toi les oreilles ! conseille Louise.

Lucile arrime son regard à une plaque d'égouts entrouverte pendant qu'au loin hurle la sirène d'une ambulance. Cet échange n'est qu'un mauvais moment à passer, se raisonne-t-elle. Et le propre des mauvais moments à passer, c'est qu'ils passent toujours.

— Figure-toi qu'hier soir, j'ai croisé ton Julien dans la rue commerçante. Avec Nathalie, évidemment.

— Et après ? J'ai dépassé le stade de la jalousie depuis longtemps, ment Lucile.

— Tant mieux. Parce que figure-toi que Nathalie a un ventre plus gros que celui du père Grégoire. Sauf qu'elle, c'est pas à cause de la bière. Tu vois ce que je veux dire ou il te faut un dessin ?

Sidération.

— Lucile, tu es toujours là ?

— Oui.

Oui, toujours là, même si, à cet instant précis, elle donnerait n'importe quoi pour disparaître sous cette plaque d'égout et ne jamais, jamais remonter à la surface.

— Ma pause déjeuner se termine, je vous rappellerai…, conclut-elle, lèvres pincées pour tempérer les tremblements de sa voix.

Nathalie, sa meilleure amie, enceinte.

De Julien, son ex fiancé.

Lucile n'a rien oublié du mariage de Noël prévu pour être fabuleux, les familles, les amis, une calèche, un manteau en fausse hermine blanche, une chorale, un piano, une cérémonie sous la neige. Et, surtout, la perspective de beaucoup de bonheur et d'amour puisqu'elle épousait son prince charmant, Julien.

Si charmant que ça aurait dû lui mettre la puce à l'oreille. Combien de fois, avec le recul, s'est-elle dit qu'il était impossible qu'un type comme lui s'intéresse à une fille comme elle.

Elle se revoit, au deuxième étage du grand manoir loué pour l'occasion, sa mère et sa sœur gravitant autour d'elle pour les derniers préparatifs. Elle revoit Micha, le chaton noir d'à peine six mois qu'elle venait d'adopter, chahutant sur le lit, dispersant les accessoires de sa tenue immaculée.

Sans crier gare, Micha s'était emparé d'un des pompons destinés à la coiffure de sa maîtresse. S'en était suivie une course-poursuite à travers la maison, entre la future mariée à moitié habillée, la frangine, la mère et l'animal. En moins de deux, tout ce petit monde s'était retrouvé à l'étage inférieur, dévolu aux hommes.

— Remonte tout de suite, s'était offusquée sa sœur, très à cheval sur les principes. Ça porte malheur que le futur marié te voie avant la cérémonie.

Lucile a balayé l'argument d'un haussement d'épaules amusé, Julien et elle n'avaient plus de secrets l'un pour l'autre depuis belle lurette. Leur indestructible amour résisterait au manquement d'une vieille tradition.

En dépit de la dizaine d'invités lancés à sa recherche entretemps, Micha restait introuvable.

Cet accroc au programme n'avait pas entamé la bonne humeur de Lucile. Quand l'anxiété dévorait la plupart des futures mariées à la pensée de toutes les catastrophes susceptibles de mettre à mal leur organisation au cordeau, Lucile, elle, demeurait parfaitement détendue. Juste heureuse. Incroyablement, extraordinairement, formidablement heureuse. Plus tard, se disait-elle avec un sourire au coin des lèvres, quand Julien et elle feuilletteraient l'album photo de cette journée avec leurs petits-enfants, ils se remémoreraient en riant la cavalcade improvisée dans les couloirs du manoir.

Lucile avait ouvert chaque porte, émettant bruits de bouche et appels dispensés d'une voix miel :

— Micha, viens ici, ma paupiette.

Elle se souvient avoir marqué un temps d'hésitation devant la porte de Julien. Mue par la curiosité, elle avait toutefois fini par la pousser, cette maudite porte pas fermée à clé. Poussée délicatement, à peine entrebâillée, une pointe d'excitation au fond du cœur.

Elle s'était statufiée : Nathalie, sa meilleure amie depuis le CP, dans les bras de Julien.

Lucile s'était enfuie pleurer ailleurs, sous les regards pantois et emplis de commisération de ceux qui avaient unis leurs efforts pour tenter de mettre la main sur Micha.

— Attends, je vais t'expliquer, avait supplié Julien pendant qu'il dévalait le grand escalier derrière elle.

Il avait plaidé l'égarement. Nathalie, elle, n'avait rien plaidé du tout, se bornant à baisser la tête et croiser les bras sur sa robe de demoiselle d'honneur fripée.

Le lendemain, Lucile avait empaqueté ses affaires, enfermé Micha dans une caisse et clos pour de bon la porte de ce joli petit appartement qu'ils avaient décoré ensemble, abandonnant sur le paillasson sa joie, ses espoirs et sa confiance.

Portée par la nécessité de partir loin pour éviter de sombrer dans un abyme de chagrin, elle avait sauté dans un train, direction Paris, loin des gens et des lieux qui lui rappelaient son désastre.

Elle y avait retrouvé Damien, son autre ami d'enfance.

Nathalie ne serait qu'une passade pour Julien, Lucile en était persuadée. Cette certitude la consolait.

Les visites régulières incognito sur le compte Instagram des deux traîtres avaient mis cette conviction en échec : les clichés de Nathalie et Julien amalgamés l'un à l'autre coulaient sur les pages de son navigateur internet comme de la gelée poisseuse : Nathalie et Julien en haut du Machu Picchu, Nathalie et Julien devant le Mont-Blanc, Nathalie et Julien à Shanghai, Nathalie et Julien sur un catamaran, Nathalie et Julien en après-ski à côté d'un bonhomme de neige.

Beurk.

Depuis, Lucile raclait les pots de pâte à tartiner, les yeux vitreux de désespoir et les cuisses réchauffées par un chat devenu obèse dans le minuscule appartement qu'elle louait une fortune.

Et maintenant, le coup de massue de la grossesse de Nathalie.

Des pigeons picorent autour du vendeur de châtaignes. Lucile regarde les oiseaux sans les voir. Elle est triste à mourir.

– 4 –

Celle qui apprend une autre mauvaise nouvelle

Lucile renifle. Elle fouille sa poche à la recherche d'un Kleenex quand une notification agite son portable. Un SMS de Louise.

T'en fais pas, ma Lulu, je suis certaine que leur bébé aura la tête de Donald Trump.

Un sourire chiffonné se pose sur les lèvres de Lucile, teinté d'une larme dans son mouchoir en papier.

La porte de service s'ouvre brusquement. Surgit Damien, en train de nouer son écharpe.

— Désolé de t'avoir fait attendre, Charles voulait me voir…

Il s'interrompt en avisant Lucile.

— Ça n'a pas l'air d'aller fort, toi…

Lucile hausse les épaules, mentir à Damien est inutile, son confident est équipé d'un radar à détresse.

— Moyen, admet-elle en se mouchant bruyamment. Ils vont avoir un enfant.

— Aïe, ça craint.

Elle confirme d'un hochement de tête.

— Pour eux, surtout, complète-t-il aussitôt. Entre les nuits foireuses et les couches… Tu as déjà senti les lingettes pour bébé ? L'horreur, comment on peut avoir envie de ça ? Allez viens, notre banc et notre repas cinq étoiles nous attendent.

Il pivote pour lui montrer le thermos enfoncé dans la poche latérale de son sac à dos.

— J'ai pensé au café. J'ai même récupéré du sucre à côté de la machine, des touillettes et des amandes au chocolat.

Ils déballent leur pique-nique sur le banc.

— Qu'est-ce qu'il te voulait, Charles ? s'enquiert Lucile, au bord des larmes.

Damien avale tout rond la bouchée qu'il vient juste d'enfourner.

— Pas grand-chose… Il me propose le poste de chef du rayon de la maison.

— C'est une super promotion ! s'écrie Lucile en mordant dans son sandwich. Félicitations !

Le visage de Damien se voile.

— Le poste est à Tours, à prendre au 26 décembre.

Les épaules de la jeune femme s'affaissent. D'abord, la grossesse de Nathalie. Maintenant, la perspective de perdre son ami...

— Ah… eh bien… c'est rapide… Mais c'est génial, un nouveau défi, une sacrée marque de confiance….

Elle a beau s'efforcer de paraître enjouée, son inflexion terne trahit ses véritables sentiments. Elle s'en veut, elle fustige son égoïsme, elle voudrait tant être heureuse pour lui. Elle l'est. Pour lui. Pour elle, c'est une autre affaire.

— Et tu as accepté ?

— Pas encore, je lui ai demandé de me laisser quelques jours de réflexion.

— C'est raisonnable, en même temps c'est un gros changement…

Elle détache un bout de pain et le jette aux pigeons. Elle n'a pas faim. De toute façon son sandwich a un goût de carton, ça gèle, le ciel est maussade et la vie, une déception.

– 5 –
Celle qui pose une question

La voix de Charles dans les enceintes couvre celle de Mariah Carey qui a résonné au moins cinquante fois depuis ce matin sous la coupole.

« Nous vous rappelons que les Grandes Galeries fermeront leurs portes d'ici quinze minutes. Nous vous remercions de vous diriger vers les caisses. Grâce à vous, nous avons passé une journée formidable »

Formidable, bien sûr.

Alors que les allées du magasin se vident de leurs derniers clients, Lucile se sent comme une artiste qui, le spectacle terminé, s'apprête à réintégrer une vie morose, loin des strass et du rêve.

En plus, ce soir, c'est samedi, et le samedi, c'est pas youpi youpi. Elle voit d'ici les prochaines heures.

Quand le rideau des Grandes Galeries sera baissé, elle marchera un peu avec Damien, jusqu'au croisement. Là, ils se sépareront.

Chez elle, elle donnera à manger à son chat en forme de coussin rembourré. Puis elle passera dans la salle de bain où l'éclairage blafard lui révélera une ride supplémentaire, ce qui lui sera à la fois égal et pas égal. Elle se déshabillera en évitant le miroir en pied qui lui renverra une silhouette qu'elle déteste, dînera d'un plat congelé ou d'une boîte de raviolis, enfoncée dans son canapé devant une émission débile. Elle se couchera. Puisque le sommeil se refusera, elle lira un chapitre de ce roman d'amour sur lequel elle bute depuis des mois et se désolera de l'avalanche de clichés en même temps qu'elle refoulera son désir fou de les expérimenter dans la vraie vie.

Après avoir reposé son bouquin sur son chevet et éteint sa lampe, elle échouera immanquablement sur l'Instagram de David et Nathalie, bien qu'elle soit consciente que son espionnage virtuel ne lui vaut rien de bon. Une heure plus tard, l'insomnie la poussera hors de son lit. Elle s'attardera devant sa fenêtre, sur les étoiles, les trottoirs déserts, le réverbère, le kiosque à journaux condamné et les illuminations de Noël qui la perforent. Micha miaulera une irrépressible envie de croquettes à trois heures du matin. Elle en versera une poignée dans sa gamelle, et le regardera manger en enviant son insouciance avant de retourner enfouir sa déprime dans son oreiller froid.

Plus pathétique, tu meurs, songe Lucile en regarnissant les rayonnages de ces fichues « boules magiques ». Des boules similaires à des boules de billard en deux fois plus grosses, capables selon l'emballage de prédire l'avenir. Il suffit de poser sa question, de secouer la boule et de lire la réponse.

Un énorme succès de vente cette année et durant l'adolescence de Lucile. Pas à la mode entre les deux. Une sorte de *revival*.

Toute la journée, elle a vu des clients de tous âges s'emparer du modèle d'exposition et poser leurs questions avec une lueur d'espoir au fond des yeux. Madame Irma peut remballer ses oracles, son marc de café, son cristal et son encens, la boule en plastique fait le job, pourvu qu'on lui pose une question fermée.

— Besoin d'aide ? demande Damien en désignant la pile de boules que Lucile est en train de ranger.

— Non t'inquiète, j'ai presque terminé, je te rejoins à la sortie.

— Ah, Damien, tu tombes bien ! surgit Catherine, des arts de la table. Ma mère en a marre des assiettes. Du coup, je pensais lui offrir une lampe. Mais je n'y connais rien du tout, je ne sais vraiment pas quel modèle choisir. J'ai grand besoin de tes conseils avisés. Je ne te retiens pas longtemps, promis.

Alors que Catherine prend le bras de Damien et l'entraîne vers les luminaires, Lucile contemple pensivement la boule entre ses paumes. Elle sonde les alentours à la dérobée, une vague honte au creux du ventre, avant de susurrer :

« Va-t-il se passer quelque chose ce soir ? »

Elle ferme les yeux, secoue la boule. Et ouvre les paupières, prise d'une sensation de déjà vu en provenance directe de son adolescence.

C'est certain.

Laconique. Mais formel.

Des frissons courent sur ses bras, son cœur se gonfle d'enthousiasme.

Elle se morigène, ce n'est qu'un stupide jouet et une lubie idiote. Oui mais quand même. Et si cette boule était l'instrument du destin ? Et si, par son truchement, l'univers, dieu ou peu importe quoi cherchait à envoyer un message à Lucile ? Mais alors doit-elle rentrer chez elle ? Non, parce que si elle rentre chez elle, il ne risque pas de lui arriver grand-chose et…

— Excusez-moi…

Les pensées de Lucile dégringolent. La boule lui échappe des mains et atterrit sur le sol dans un bruit sourd. Devant elle, une jeune femme blonde aux cheveux courts lui montre un parapluie rouge muni de son antivol.

— Pardon de vous avoir fait peur. Vous savez si je peux trouver une caisse encore ouverte à cet étage ?

— Au fond à gauche, du côté de la mercerie, répond Lucile en ramassant la boule.

Elle rejoint la sortie du personnel et annonce à Damien qu'elle vient de se souvenir qu'elle a un truc prévu ce soir.

— Du coup, je ne rentre pas avec toi, tu ne m'en veux pas ?

— Non, bien sûr que non, l'assure Damien. C'est rare que tu changes tes plans. Un rendez-vous ?

— Peut-être bien.

Elle dépose une bise sur sa joue et traverse le boulevard dans la direction opposée de son appartement. Elle ignore où elle va. Elle marche, elle verra bien, ce soir, au diable les habitudes, elle est prête à relever tous les défis.

Elle bat le pavé au hasard de ses pas, observe tous ceux qu'elle croise comme si chacun d'eux était l'artisan attendu de sa destinée. Elle s'assoit sous le porche d'un arrêt de bus, se voit proposer un bonbon Arlequin par un homme qui les croque à toute vitesse, admire la lune en faisant rouler un bonbon sur sa langue, reprend sa route, prête, disponible.

Mais rien n'arrive. La boule n'est pas magique en fin de compte. Le découragement saisit Lucile. D'autant qu'il commence à pleuvoir.

Elle sort son parapluie rouge de son sac et s'apprête à bifurquer quand une berline stoppe à sa hauteur. La vitre côté passager s'abaisse sur l'expression neutre d'un chauffeur.

— Sonia Darc ?

Dans la tête de Lucile, tout se précipite. Répondre la vérité, non je ne suis pas elle, merci au-revoir.

Ou bien…

Et si c'était sa chance ? Le coup du sort qu'elle attendait ? L'entorse positive dans une routine trop huilée ? Le coup de pied au derrière salutaire ? Il ne tient qu'à elle de saisir cette opportunité ou de la laisser s'échapper.

Alors elle opine.

Le chauffeur descend de son véhicule. Le contourne pour ouvrir la portière arrière. Lucile s'engouffre dans l'habitacle où se répandent une discrète musique jazzy et des effluves boisés. Son cœur cogne à tout rompre, l'interdit assèche sa gorge, autant que le chauffage qui tourne à plein régime.

Le chauffeur réintègre sa place derrière le volant. Deux bips brefs retentissent.

— Votre ceinture, s'il-vous-plaît.

— Ah oui, pardon, bredouille Lucile en clipsant l'attache.

La voiture amorce un demi-tour. Lucile essaie de se détendre. Dans le faisceau d'un réverbère, elle aperçoit une jeune femme avec un parapluie identique au sien. Elle se coule dans le siège en cuir, un réflexe. Le regard de l'homme l'envisage dans le rétroviseur.

— La musique ne vous dérange pas, Mademoiselle Darc ?

Elle bafouille un « non » et se redresse, consciente que sa posture peut sembler suspicieuse. Elle cale sa tête sur la vitre en se concentrant sur sa respiration.

Ainsi se laisse-t-elle conduire, en route vers son destin, se répétant un des mantras qu'elle a appris sur le compte d'un influenceur spécialisé en développement personnel : le lâcher-prise, tel est le secret.

– 6 –
Celle qui s'adonne au lâcher-prise

La voiture n'en finit pas de rouler, le temps s'étire, ou alors c'est la peur qui tord les perceptions.

T'es vraiment dingue, se réprimande Lucile alors qu'elle essuie la buée de la vitre, histoire d'apercevoir l'extérieur. Qui sait, le type est peut-être en train de t'enlever, direction une cahute en pleine campagne pour te découper en morceaux ? Tout ça pour avoir suivi les recommandations d'une stupide boule. Si ça se trouve, elle était défectueuse.

Depuis qu'ils sont partis, la jeune femme s'emploie à analyser le tombé des épaules du chauffeur et la forme de sa nuque : mais aucun indice ne filtre quant à la destination du périple.

Réduite au silence par la crainte d'être démasquée, Lucile jugule son angoisse en se rongeant les ongles. Elle vérifie en catimini son portable, s'assure qu'il sera opérationnel en cas de besoin.

De temps à autre, un klaxon fuse entre le ronronnement du moteur et la musique. La circulation est dense, la pluie drue.

Enfin, le véhicule s'immobilise. Le chauffeur envisage Lucile dans le rétroviseur.

— Nous y sommes. Je vous laisse monter, Mademoiselle Darc. C'est au deuxième étage, à gauche. Mais j'imagine que vous avez reçu le carton d'invitation.

Lucile acquiesce. Bien sûr qu'elle a reçu le carton.

Elle sort. Face à elle se dresse un immeuble haussmannien de grand standing.

Une soirée privée ! De quel genre de soirée on parle au juste ? Sado-Masochisme ? Échangisme ? Spiritisme ?

Elle frissonne face à l'avalanche d'« ismes » qui lui vient, faut-il être tordue pour se fourrer volontairement dans un guêpier pareil ?

Bravo, Lulu. Tu voulais de l'aventure, tu vas être servie, ça t'apprendra à entreprendre des trucs insensés au lieu de rester à ta place. Réfléchis ma grande, il existe forcément un moyen de battre en retraite. À trois, tu cours aussi vite que tu peux.

Un, deux…

Sauf que la berline ne part pas. L'esprit de Lucile s'affole : la voiture la rattraperait en deux secondes. L'option fuite n'est pas tenable.

La vitre électrique descend sur la figure mi-figue mi-raisin du chauffeur.

— Tout va bien, Mademoiselle ?

— Oui, oui, c'est que...

— Vous devriez rentrer avant d'attraper froid. Je vais rester là jusqu'à ce que vous soyez à l'intérieur. On n'est jamais trop prudent.

— C'est trop gentil, bredouille Lucile dans un sourire contrit.

Elle gagne sans entrain la grande entrée. Un code en bloque l'accès. Lucile pivote un faux air désolé vers la voiture.

— Le carton d'invitation, précise le chauffeur.

Elle feint d'explorer ses poches, son sac, les traits contorsionnés d'affliction simulée.

— A1973, lance-t-il finalement.

Elle remercie avec innocence et appuie sur les touches du digicode auréolé d'une lumière bleutée. Un cliquetis déclenche l'ouverture.

Lucile pousse l'un des battants et se glisse dans le hall. Enfin soustraite à la vue du chauffeur, elle recouvre un semblant de sérénité, que la magnificence du décor éclipse immédiatement.

Tout y est faramineux, à l'image de ces films anciens aux décors somptueux : carreaux de ciment incrusté de mosaïques, dorures, lustres, moulures au plafond, tapisseries, décorations de Noël. Une moquette rouge recouvre la torsade d'un large escalier.

La cabine d'un ascenseur s'ébranle dans une colonne en fer forgée. Quelqu'un descend.

Lucile retient son souffle quand, s'immobilisant au rez-de-chaussée dans un rebond ténu, l'ascenseur éjecte un couple de quinquagénaires élégants. L'homme la salue d'un « bonsoir » velouté, la femme la gratifie d'un léger signe de tête et d'un sourire avenant. L'homme retient poliment la porte. Lucile décline l'accès à l'ascenseur et regarde le couple disparaître sur le trottoir dans le sillage d'un parfum hors de prix.

Elle tend le cou. Son chauffeur n'a toujours pas levé le camp. Est-ce qu'il la surveille ?

La poisse. Bon, elle n'a plus le choix.

Elle grimpe les marches une à une, lentement. C'est comme monter à l'échafaud. Les rampes sont si rutilantes qu'elle ose à peine les effleurer. L'estomac tordu d'angoisse, elle émerge sur le palier du deuxième étage et s'égare une seconde dans la contemplation du paillasson, à gauche. Puis, le cœur dans l'estomac, elle colle son oreille contre la cloison.

Des bruits étouffés, des voix, de la musique peut-être.

Pas le temps de s'appesantir sur les hypothèses : la porte s'ouvre.

Surprise, la jeune femme perd l'équilibre, manquant de valdinguer en avant, sous l'expression incrédule d'un septuagénaire de belle prestance.

— Oui ?

— Je… Je suis…

Mince… Comment s'appelle celle dont elle a pris la place déjà ? Sophie ? Solange ?

— Sonia ! s'écrie-t-elle dans un cri du cœur. Sonia Darc !

Le visage de l'homme s'éclaire.

— Ah ! Sonia !

Il lui tend une main joviale.

— Je suis si heureux que vous ayez fait le déplacement ! Je suis François Madral. Entrez, je vais vous présenter.

Il se décale pour lui permettre l'accès.

— Pas de chichi, c'est une petite soirée sans fioriture !

Lucile découvre une pièce immense. Au fond, un sapin majestueux, d'une régularité digne de Pinterest, décoré avec un grand raffinement. Autour, une cinquantaine de personnes bien mises. Si bien mises que Lucile se sent ridicule dans ses vêtements trop larges.

D'un geste de la main, François Madral apostrophe un chef de rang en livré portant un plateau garni de verrines.

L'employé confie sa cargaison à une jeune serveuse et s'approche.

— Puis-je vous soulager de votre manteau et de votre bonnet ?

— Non !

Les deux hommes échangent un regard.

— Euh, non merci, rectifie Lucile.

Elle tousse poussivement et ajoute, en désignant sa gorge d'un air embarrassé :

— Les courants d'air, ça me… disons que je suis du genre frileuse…, biaise-t-elle, consternée par son manque flagrant d'imagination et de crédibilité.

— Rassurez-vous, je suis à jour dans mes factures de chauffage !

Un léger malaise.

— Je plaisante, Mademoiselle Darc ! glousse le sémillant propriétaire des lieux.

Lucile se force à rire.

L'homme est élégant, avec son gilet brun sans manche par-dessus sa chemise crème, son foulard bordeaux noué autour du cou, son pantalon assorti, ses cheveux blancs et ses petites lunettes rondes à montures transparentes. De lui émane une préciosité sans ostentation. Un homme conscient de son charme mais qui n'en fait pas un pataquès.

Tandis que le majordome retourne à ses petits fours, François Madral entraîne Lucile d'un îlot d'invités à l'autre, au son d'un piano.

À son grand étonnement, Lucile note que le nom de Sonia Darc provoque instantanément une modification chez celui qui l'entend. Perplexe et mal à l'aise, elle hoche la tête et bafouille des paroles de circonstance à l'annonce des noms et des fonctions qu'on lui présente.

Parmi la pléthore de journalistes et d'éditeurs dont elle n'a jamais entendu parler se glissent des visages familiers. Où les a-t-elle vus ? Elle fouille sa mémoire. À la télévision bien sûr ! Il y a là la présentatrice d'un *talk-show*, le chef star d'un concours de cuisiniers télévisé, le chroniqueur d'une émission satirique, l'animateur d'un programme culturel. Incroyable ! Deux heures auparavant, Lucile rangeait des jouets aux Grandes Galeries et la voilà en train de partager des bouchées saumon-topinambour avec tout le gratin parisien !

Ça alors, la boule magique avait raison !

— Enfin ! s'exclame d'une voix enrouée de nicotine une petite femme sèche vêtue d'un blazer et d'une cravate. LA Sonia Darc, en chair et os ! Figurez-vous que nous craignions de vous voir arriver masquée. N'est-ce pas, François ?

Alors que François Madral arbore un sourire incommodé, le malaise de Lucile augmente d'un cran. Pourquoi diable serait-elle venue masquée ?

— Le devoir m'appelle, je dois vous abandonner, annonce soudain Madral. Vous êtes ici chez vous, ajoute-t-il à l'intention de Lucile (ou de Sonia, c'est selon).

Elle regarde l'homme s'engouffrer dans une pièce adjacente. Quand il a disparu, elle se rend compte que tous les regards sont braqués sur elle. Elle donnerait n'importe quoi pour être ailleurs.

Qui est donc cette Sonia Darc et pourquoi suscite-t-elle autant d'intérêt ?

Le majordome lui présente un plateau chargé de coupes de champagne. Au plus mal, Lucile s'empare d'un verre, retient l'homme par le bras, boit d'un trait sa coupe et la repose sur le plateau. Il faut ce qu'il faut. Le piano, derrière, s'est tu.

— Une autre, suggère l'homme impassible sans point d'interrogation.

Lucile étouffe un hoquet en secouant la main. Alors qu'il tourne les talons, une musique enfantine résonne dans toute la pièce. Des fumigènes diffusent une vapeur à l'odeur sucrée dans un long pshit. Des exclamations ricochent d'un invité à l'autre.

Exclamations dont l'intensité s'amplifie lorsqu'un panda orange jaillit de la fumée.

– 7 –

Celle qui réalise un rêve

Changement d'atmosphère. Désarçonnée, Lucile observe escarpins et mocassins battre la mesure sur le parquet lustré. Spontanément regroupés en cercle autour du panda hystérique, les invités bon chic bon genre se trémoussent en entonnant les paroles de la chanson *Pandadi Pandadou.*

— Ça fait son petit effet à n'importe quel âge, commente une femme BCBG à une autre dans le dos de Lucile, Figurez-vous que ma petite-fille a appris à dire « Pandadi » avant de dire « Maman »… Vous auriez vu la tête de ma bru ! Cette gourde était si furieuse qu'elle s'est débarrassée de tous les livres de Pandadi dans une boîte à livres.

La musique s'achève à l'instant où François Madral surgit près du panda.

« Mesdames et Messieurs, merci d'avoir répondu à l'invitation des éditions Madral pour la sortie évènement de la nouvelle histoire de l'indétrônable héros des petits et grands, j'ai nommé Pandadi ! »

Le panda se déhanche et s'offre une nouvelle ovation, ovation à laquelle Lucile contribue en sourdine, dans un souci de camouflage.

Pandadi, à cette couleur orange près, c'est toute son enfance.

Pandadi est le personnage récurrent des romans d'Henri Dalmand, ex animateur vedette d'un grand show télévisé pour enfants. De ses livres ont découlé des dessins animés, dont les multiples rediffusions ne cessent d'accompagner les bambins depuis sa création. Il y a aussi eu un film d'animation, un jeu vidéo, des comédies musicales, des objets dérivés, trousses, crayons, cahiers, tasses, vêtements, baskets même dont Lucile se rappelle avoir vendues quelques paires, un jour où elle avait dû remplacer Fabrice, aux Grandes Galeries.

Sortie un an après le premier roman, la chanson *Pandadi Pandadou*, laquelle mêlait simplicité des paroles, fluidité de la mélodie et chorégraphie facile à reproduire, avait immédiatement séduit les foules et envahi les cours de récréation. Un succès jamais démenti.

Au fur et à mesure des époques, la chanson s'était transformée. La musique adoptait les codes de son époque (personne n'a oublié le *Pandadi Pandadou* dans sa version tecktonik de 2007, dont le clip avait engrangé des millions de vues sur Youtube, un record à l'époque, ou celui de 2012 qui n'était pas sans rappeler celui de Gangnam Style, et sa chorégraphie légèrement modifiée pour la circonstance).

Dans la discothèque que Lucile fréquentait avec Nathalie, la version club de la comptine tournait en boucle. Combien de fois les deux amies avaient-elles reproduit la chorégraphie du panda en braillant les paroles au milieu de la boîte de nuit ?

À cette pensée, Lucile sent une acidité remonter son gosier.

Après s'être hissé sur la pointe des pieds pour caresser le crâne du panda sous les rires attendris de l'assistance, François Madral claironne la suite de son discours :

« Comme vous pouvez le constater, notre cher panda s'est fait une beauté depuis sa dernière apparition. Une sorte de *lifting*, une cure de jouvence. N'est-ce pas, Pandadi ? »

Le museau du panda clignote tandis que la bestiole opine du chef.

« …Il avait d'ailleurs un trac fou à l'idée de vous montrer sa nouvelle couleur. N'est-ce pas, Pandadi, que tu avais le trac ? »

Nouvelle confirmation du panda qui se fend en plus d'un secouage de pattes. Avant de dévoiler un *tote bag* à son effigie.

« Tout à fait, Pandadi. Tu as raison de me rappeler que nous avons préparé pour chacun de nos invités quelques petits cadeaux, en souvenir de cette soirée mémorable. Des *goodies*, c'est bien comme ça qu'on dit maintenant ? »

Le panda confirme d'un pouce levé tandis que Madral détaille le contenu du sac avec un enthousiasme forcené.

« Oh oh, mais que vois-je ? Un Pandadi en peluche ! Et là, un stylo rétractable aux couleurs de Pandadi avec son carnet assorti ! Et un marque-page ! Et une tablette de chocolat ! Et une boule de Noël ! »

Manquerait plus qu'une paire de chaussettes, pense Lucile, caustique, la tête un peu lourde à cause du champagne et du n'importe quoi de cette soirée.

« Et une paire de chaussettes ! continue d'énumérer Madral. Et un paquet de mouchoir Pandadi, et… »

François Madral s'interrompt et sonde les invités d'un œil scintillant.

« Naturellement, tout ceci ne serait rien sans un exemplaire du nouveau roman dédicacé par l'auteur ! Quoi de mieux pour découvrir cette nouvelle histoire palpitante de Pandadi que de s'y plonger ? Voilà justement notre attachée de presse qui va installer en un tournemain une pile de livres, rien que pour vous. »

Les regards convergent sur une jeune femme peinant sous le poids d'un carton rempli de bouquins à ras bord.

« À présent, tousse Madral afin de re capter l'attention générale, je vous demande d'accueillir celui sans lequel rien ne serait possible, celui qui a fait rêver nos enfants et emporte nos petits-enfants grâce à la magie d'un panda pas comme les autres. Applaudissez le grand, l'unique… Monsieur Henri Dalmand ! »

La mâchoire de Lucile tombe de stupeur.

Combien de fois la petite Lucile a-t-elle écrit à l'adresse de l'émission du *Club d'Henri* pour avoir la chance d'assister à un show en direct ? La fillette aurait donné n'importe quoi pour visiter le studio parisien où l'émission était enregistrée ou seulement pour voir son nom défiler sur le générique de fin le jour de son anniversaire…

Elle était restée abonnée au *Club Henri Magazine* durant trois ans. Trois années, soit trente-six mois à guetter le facteur et à récupérer le précieux dans sa boîte aux lettres.

Elle se remémore la joie communicative de l'infatigable présentateur flanqué de ses acolytes farfelus, ses blagues, ses expressions récurrentes que l'on reprenait à l'envi dans la cour de l'école élémentaire entre deux échanges de cartes Pokémon.

Malgré les nombreuses années écoulées depuis l'arrêt de l'émission, le *Club d'Henri* sent toujours le chocolat chaud, les gâteaux au yaourt et les esquimaux à la vanille.

Pendant qu'à des kilomètres de là, trempée sur son trottoir, une jeune femme et son parapluie rouge attendent en vain, Lucile n'en revient pas d'avoir la chance de rencontrer Henri Dalmand. Tout de même, c'est comme un rêve qui se réalise, un rêve qu'elle ne se rappelait plus avoir. Un rêve qui vient réveiller la fillette qui n'a jamais cessé d'habiter en elle.

Un sentiment de gratitude intense envers la boule magique envahit la jeune femme.

Ça ne va pas durer.

– 8 –
Celui qui joue avec la lumière

Peut-être que ça avait commencé la nuit de ces cinq ans, quand Damien avait vu des vers luisants pour la première fois. Ou bien, à six ans, à l'instant où son grand-père lui avait montré avec cérémonie comment fonctionnait ce stroboscope précieusement conservé dans le grenier depuis la fermeture de sa discothèque, en 1970.

Ou à sept ans, lorsque ses parents lui avaient offert des lasers capables d'éclairer la lune, des lasers qu'il ne fallait surtout pas « regarder dans les yeux » sous peine de perdre la vue ;

ou à neuf ans, quand il avait découvert par hasard qu'une torche pointée en direction d'un cristal pouvait transfigurer une grotte et, du même coup, écarquiller les yeux de Lucile ;

ou à dix ans, quand il avait bidouillé sa lampe de chevet pour la transformer en robot (un échec, il avait dû tondre la pelouse trois fois pour se racheter) ;

ou à l'occasion des douze ans de Lucile, à qui il avait bricolé un porte-clé bardés de clignotants en cachette de Monsieur Savonar, le professeur de technologie un peu zinzin (ce qui lui avait valu d'écrire cent fois : « Je ne dois pas utiliser le matériel du collège à des fins personnelles »);

ou à treize ans, quand, fuguant dans la nuit noire, il avait croisé un chevreuil, éclairé par la seule grâce du phare de son vélo et que ça lui avait paru irréel tellement c'était beau ;

ou au Noël de ses quatorze ans, quand il avait installé de haut en bas de la maison des décorations lumineuses et effectué des branchements si aléatoires qu'ils avaient contraint tout le quartier à réveillonner à la bougie ;

ou à seize ans, quand lui était venue l'idée de placer des stroboscopes partout dans l'église pour offrir un enterrement à sa mesure à son grand-père.

Oui, c'est sûrement quand il avait vu sa famille sourire en dépit du chagrin qu'il avait compris que la lumière possédait le pouvoir de la joie.

À ce grand timide bègue, fils unique, incapable de regarder dans les yeux, de partager ses ressentis et mal à l'aise avec les autres, la lumière offrait à la fois un moyen d'expression et une compagnie.

Ambitionnant d'embrasser la carrière d'architecte lumière ou d'assistant lumière-photo, il s'était installé à Paris. Il avait décroché un petit boulot aux Grandes Galeries pour aider à financer ses études. Il était passé d'un rayon à l'autre jusqu'à ce qu'au cours d'un entretien informel, un responsable des ressources humaines repère son intérêt pour la lumière. Dès le mois suivant, on lui avait attribué la responsabilité du rayon des luminaires sous réserve d'un contrat de travail à temps complet. Il avait accepté.

Comme quoi, on a beau tirer des plans sur la comète, elle atterrit souvent à côté de la cible.

On le surnomme le monsieur lumière des Grandes Galeries. On affirme qu'il a du talent. Damien s'en défend, prétendant que ce n'est qu'affaire d'observation, d'expérimentation et d'intérêt. Qu'il ne faut pas être sorti de la cuisse de Jupiter pour décaler une lampe, réchauffer un éclairage ou ajuster sa puissance.

Pourtant, tout le monde s'accorde sur une chose : il est doué. Si un écrivain devait réaliser son portrait, il écrirait pompeusement que Damien compose une partition lumineuse comme un musicien sa musique ; que ses harmonies subliment la réalité ; qu'il sait révéler l'âme des lieux ; qu'en dirigeant la lumière, il guide notre regard vers l'essentiel.

Comme Damien n'est pas à l'aise avec les mots, surtout quand il s'agit de parler de lui, il dit juste que c'est en tentant des trucs qu'il a vu ce qui marchait et ce qui marchait moins et que ça, c'est donné à tout le monde, pour peu qu'on prenne le temps.

En tout cas, il ne regrette pas son choix d'avoir posé ses valises aux Grandes Galeries, une ville dans une ville, peuplée d'habitants familiers, sympas pour la plupart, pas tout à fait la réalité.

Le petit appartement où il vit seul tient davantage de l'atelier que de l'habitation. Sur sa table, des fils, des ampoules, des lampes démembrées qui attendent que Damien, lunettes loupe sur le nez, leur offre de servir à nouveau.

C'est justement ce qu'il s'emploie à faire tandis qu'à l'autre bout de Paris, la soirée de lancement d'un livre pour enfants bat son plein.

Voilà. Une dernière vis ici. Un dernier point de soudure ici.

Il vérifie qu'il n'y a pas de mauvais contact, choisit l'ampoule adéquate, actionne l'interrupteur.

Et assiste avec bonheur au miracle d'une lampe revenue à la vie.

– 9 –
Celle qui exerce un métier compliqué

Retour dans l'appartement de François Madral où un homme s'avance en traînant les pieds. Il prend place à deux mètres du panda et envisage le cercle des invités d'un regard morne.

— Henri, mon cher ami ! trompette François Madral en agitant un livre au-dessus de sa tête. Quelle joie de tenir enfin ton nouveau bébé !

Puis, s'adressant au public massé autour d'eux :

— Vous savez, quand Henri m'a informé qu'il travaillait sur un nouveau projet, j'ai émis des réserves, je lui ai dit, mon vieux, tu n'es plus tout jeune, repose-toi, à ton âge, il ne faut pas en faire trop…

Des rires.

— Je blague, évidemment. Henri, toi et moi ça fait combien de temps qu'on se connaît ? Cinquante-sept, cinquante-huit ans ?

S'adressant de nouveau à la foule :

— Figurez-vous qu'Henri et moi, nous nous sommes rencontrés à la Maison de la Jeunesse et de la Culture de La Ferté-Milon. On ne s'est jamais quittés depuis. Témoin à mon mariage, parrain de mon fils. Ah, quel chemin depuis la MJC ! À l'époque, on regardait passer les trains en rêvant de monter dedans. Et maintenant, ah maintenant, regarde-toi, mon ami.

— Maintenant le train sent le sapin, tranche Henri Dalmand.

François Madral fronce les sourcils. Ici et là se forment des moues indécises et des sourires crispés.

— Enfin, nous sommes là, réunis, et c'est tout ce qui compte, n'est-ce pas ? s'exclame l'éditeur. Henri, si tu veux bien prendre place pour dédicacer à nos amis leurs exemplaires…

— Oui, pitié, qu'on en finisse.

Le silence tombe comme un seau d'eau glacée. Des regards équivoques germent dans l'assemblée. La paupière droite de l'éditeur tressaute. Un instant de flottement puis François Madral se remet en branle et désigne la table sur laquelle l'assistante en est encore à empiler des exemplaires de *Pandadi, la dernière aventure.*

Personne n'ose approcher.

— Il va sans dire qu'Henri est disposé à répondre à toutes vos questions, indique Madral. Et si vous souhaitez un entretien privilégié, Émilie, notre attachée de presse, se fera un plaisir de programmer une interview.

L'assistante esquisse un signe afin que les intéressés l'identifient.

— Et pourquoi pas vous organiser une partie fine tant qu'on y est, marmonne l'auteur à voix haute en s'asseyant.

Blême, l'attachée de presse remballe illico son signe d'identification et montre son oreille à Dalmand. Ce dernier maugrée un juron en tripotant la mollette de son sonotone.

Une file d'attente s'organise derrière la table tandis que Pandadi taquine les invités. De petits couinements de stupeur joyeuse jaillissent çà et là, selon que le panda gratouille le haut d'un crâne, chatouille un lobe ou singe une attitude.

Indifférent aux contorsions de sa créature, Henri Dalmand signe ses exemplaires avec l'allégresse d'un escargot écrasé.

— C'est pour ? demande-t-il pour la énième fois d'un ton blasé.

— Mon fils, Gaspard-Victor, répond une femme longue et svelte.

— J'espère pour lui qu'il a pas la tête de son prénom.

Outrée, la journaliste arrache le livre des mains de l'auteur et part diluer son indignation dans le champagne.

Faisant fi de toute prudence, Lucile se résout à intégrer la file. Après tout, aucune autre occasion d'approcher l'idole de son enfance ne se présentera.

Au moment même où son tour advient, Pandadi s'empare de son bonnet. Stupéfaite, ébouriffée et subjuguée, elle se présente devant son idole.

— C'est pour ?

Soudain, Lucile a dix ans et un goût de Malabar à la fraise au fond du palais. Elle ouvre la bouche mais rien n'en sort. Pétrifiée de timidité, elle a l'air d'une carpe agonisante.

— Vous reviendrez quand ça ira mieux, décrète Dalmand sans s'émouvoir. Suivant !

L'homme de derrière s'excuse auprès de Lucile et saisit un exemplaire sur la pile.

— C'est pour ?

— Jean-Pierre.

Henri Dalmand lève sur l'homme un regard perçant.

— C'est vous, Jean-Pierre ?

L'homme opine.

— Et vous comptez lire *ça* ? grince l'auteur en griffonnant une signature illisible.

— Eh bien… oui…euh… tout à fait… enfin…

Sans lâcher le livre, Dalmand se tourne vers l'assistante.

— Regardez Émilie, il a quoi lui, dans les cinquante berges bien tapées ? On pourrait croire qu'ils ont passé l'âge de ces conneries de panda débile, mais non.

L'assistante vire au blafard. La panique contracte les muscles de sa mâchoire. Ses cheveux ont la forme de son désarroi et s'aplatissent à vue d'œil. De nouveau, elle désigne la prothèse auditive.

— Quoi ? Encore trop fort ? rouspète Dalmand. Foutu réglage à la con ! Ça envoie des satellites à tire-larigot mais c'est pas fichu de fabriquer des sonotones qui fonctionnent. Allez hop, suivant !

Il décoche une œillade à Lucile qui n'a pas bougé d'un iota.

— Toujours pas décidée ou vous faites une attaque ?

Lucile déglutit. Si la déception avait une forme, elle aurait celle d'Henri Dalmand. Par ses paroles blessantes, son attitude déplacée et son manque de considération, le vieux présentateur vient de gifler les souvenirs d'enfance de la vendeuse des Grandes Galeries. Résultat, son envie d'autographe a pris la poudre d'escampette, suivie de près par ses rêves de gosse.

L'auteur rebouche son stylo plume et, sans s'occuper des personnes qui font encore le pied de grue, il se lève et quitte la pièce.

L'assistante se confond aussitôt en excuses auprès de ceux que Dalmand vient de laisser choir.

— Ne vous en faites pas, intervient Madral auprès des désappointés en leur distribuant des sac remplis de gadgets, je vais prendre votre adresse et m'assurer personnellement que vous recevrez vos exemplaires dédicacés dès demain par coursier. Peut-être d'ailleurs en désirez-vous plusieurs. Des enfants, des petits-enfants, des neveux, des nièces, que sais-je, des filleuls, le fils de votre gardienne, de votre boulangère… Ça fera de jolis cadeaux de Noël. Une petite coupe peut-être ? À moins que vous ne préfériez un de ces fabuleux macarons, chocolat-fruit de la passion, vous connaissez ? Non ? Essayez, c'est un pur chef-d'œuvre.

Puis, s'adressant à voix basse à l'assistante qui écrase une larme dans un kleenex Pandadi :

— Voyons, mon petit, il faut vous reprendre. Je me charge de la vedette et vous, occupez-vous des invités. Surtout SURTOUT, empêchez-les de partir.

— Mais… mais… renifle-t-elle, consternée, qu'est-ce que vous voulez que je fasse ?

— Je ne sais pas moi… Surprenez-moi !

L'éditeur tourne les talons et disparait dans la pièce où son auteur s'est engouffré une minute plus tôt, abandonnant Émilie à son accablement.

Soudain, la voilà qui essuie ses paupières, bombe la poitrine et se dirige d'un pas décidé vers le panda.

– 10 –
Celui qui ronchonne

— Mince, Henri, tu exagères à la fin ! peste François en pénétrant dans la chambre. Je te signale qu'Émilie est à deux doigts du burn-out !

— Bof, une génération de fragiles.

— Je crois que tu ne te rends pas bien compte de l'importance de cette soirée, s'emporte François. J'ai travaillé des mois dessus, j'ai fait jouer tous mes contacts, enfoncé des portes dont tu n'as même pas idée. Tout ça pour que le vieux ronchon que tu es ne se donne même pas la peine d'être poli !

Mains dans les poches, Henri considère l'étagère où trônent les photographies de son éditeur. Son épouse, le mariage de son fils, une photo d'eux deux aussi, prises le jour de la sortie du premier Pandadi.

— Est-ce que c'est ma faute si les gens sont devenus d'une susceptibilité à toute épreuve ? lâche-t-il en s'enfonçant dans le cuir du fauteuil, face à la fenêtre.

Venue de l'autre pièce, une version assourdie de *Pandadi Pandadou* esquinte le silence.

— Non mais tu délires, mon vieux ! éclate François. Sais-tu au moins qui tu viens de rembarrer comme une moins que rien ?

— Fais-moi rêver…

— Sonia Darc !

Henri hausse un demi-sourcil.

— Connais pas…

— Évidemment que tu ne connais pas ! s'étrangle son vis-à-vis. Pour connaître, il faudrait que tu te sortes les doigts de ton sérénissime derrière ! Que tu t'ouvres au monde ! Sonia Darc, c'est ton anti-âge, ton autoroute vers un nouveau lectorat, une occasion en or de dépoussiérer ton image. Rends-toi compte, la célèbre influenceuse que tout le monde s'arrache et dont personne ne sait à quoi elle ressemble, c'est à toi qu'elle a choisi de se dévoiler. Et toi ? Eh bien toi, tu fais tranquillement tout foirer ! Tu t'en contrefiches en fait, c'est ça ?

Henri extirpe un cigarillo d'un étui doré qu'il garde dans la poche de sa veste, près de son stylo.

— Mais non, bien sûr que non…, marmonne-t-il en approchant le briquet de ses lèvres.

En fait, si. Les ventes du nouveau Pandadi lui passe à des kilomètres au-dessus de la caboche. Quant à son image, il y a bien longtemps qu'il a cessé de s'en préoccuper. De toute façon, c'est tous des cons.

François s'affale sur le lit, découragé. Il porte ses mains à ses tempes et prend une profonde inspiration avant de lâcher :

— Henri, tu le sais, je suis vraiment dans la merde. Les huissiers sont sur mon toit, toutes serres dehors, prêts à me tomber sur le paletot. Pandadi, c'est ma dernière chance. Si le panda tombe, je tombe avec lui…

— Tu dis ?

— Mince à la fin, quand vas-tu te décider à te procurer de nouvelles prothèses auditives ?

— Quoi ?

— Laisse tomber…

— Cigarillo ?

François expire un long et profond soupir démoralisé. Henri renverse son cou, dégustant sa bouffée de tabac.

Il connait parfaitement la situation de François. Et s'il a accepté d'écrire un ultime Pandadi, c'est uniquement pour lui octroyer un répit financier. Mais il n'a pas signé pour faire le mariole à côté d'un crétin de panda fluo qui danse la lambada.

La vérité, c'est qu'Henri en a ras la casquette de ces conneries. Il a passé toute son existence à faire le pitre pour amuser la galerie. Aujourd'hui, à plus de soixante-dix ans, la motivation n'y est plus, il aspire à un peu de repos. Punaise, la retraite, c'est quand même pas pour les chiens !

— Écoute, articule l'éditeur en posant ses mains sur les genoux de son ami, je te jure qu'après la promotion du bouquin, tu n'entendras plus parler des éditions Madral. Mais jusque-là, je t'en supplie, fais un effort. Je ne te demande pas la lune, juste d'être gentil avec tes lecteurs…

Il en a de bonnes, François. « Gentil ». Quand Henri n'a qu'une envie, étriper le panda pour s'en fabriquer un tapis.

— … et d'essayer d'arranger le coup avec Sonia Darc, complète François. Rien d'insurmontable, juste un sourire, même un minuscule, le panda dans le cadre, et clic, une photo pour son Instatruc et son Tik tok machin, trois minutes top chrono. Le reste, je m'en occupe. Allez, vieille louche, fais ça pour moi.

Henri grommelle un « d'accord » désabusé. Il a beau être borné, il n'abandonnera pas son ami de toujours, son quasi frère. L'amitié, c'est à la fois sa chance et son fardeau.

Ils se lèvent.

— Tu as goûté le champagne ? interroge François alors qu'Henri écrase le mégot de son cigarillo. Il m'a coûté les yeux de la tête, les derniers deniers de la maison y sont passés.

— Ça ne m'étonne pas, t'as jamais été fichu de mettre un rond de côté.

— Que veux-tu ? rétorque l'éditeur tandis qu'il recouvre de ses bras les épaules de son ami pour l'entraîner hors de la chambre. Je suis une cigale, moi. Si les éditions Madral doivent rendre l'âme, autant que ce soit avec panache.

Le salon s'est clairsemé depuis tout à l'heure. Il ressemble à un lendemain de fête, serveurs désœuvrés, pianiste avachi sur son piano, derniers pique-assiettes englués au buffet.

— La plupart sont partis, sanglote l'assistante. Pourtant, j'ai essayé, je vous jure, j'ai même fait la chorégraphie avec Pandadi.

— Et Sonia Darc ?

Émilie secoue ses cheveux filasse dans un geste d'impuissance.

— Partie aussi. Y a une seconde.

— Bon débarras, marmonne Henri Dalmand.

— Enfin une lueur d'espoir ! s'exclame l'éditeur en lui donnant un coup de coude. Avec un peu de chance, elle est encore sûrement dans le hall, je vais tâcher de la rattraper avant qu'elle nous échappe.

Puis, juste avant de gagner la sortie :

— Et le panda ?

L'attachée de presse émet un bruit de pet avec sa bouche.

— Si la gardienne de zoo a perdu le panda, alors…, grince Henri.

Passant outre la remarque acerbe, François, échafaude le plan d'attaque.

— Émilie, vous vous chargez du mammifère. Moi, je vous ramène Sonia. Toi, Henri… Eh bien toi, tu n'as qu'à boire un verre, ça te détendra. Et par pitié, demandez à ce fichu pianiste de nous jouer un truc gai, c'est pas un enterrement, bon sang de bois !

– 11 –
Celle qui oscille en permanence

Lucile s'apprête à appuyer sur le bouton de la porte du rez-de-chaussée quand une voix la hèle :

— Ah, Sonia, à la bonne heure, vous êtes là ! S'il-vous-plaît, attendez ! Vos cadeaux !

Elle sonde les alentours, ne voit rien.

— Là-haut.

L'éditeur est penché par-dessus la rambarde de l'étage supérieur, un sac Pandadi au bout du bras.

— Écoutez, je sais ce que vous pensez…, commence-t-il en dévalant les dernières marches.

Ça m'étonnerait, songe Lucile, sur ses gardes, prête à détaler alors que l'homme se rapproche.

— Ceci est un énorme malentendu, continue le septuagénaire en lui flanquant le sac entre les mains.

Un malentendu, quel euphémisme… L'imposture de Lucile est percée à jour, elle sera envoyée en prison, gardée à vue jusqu'à la fin des temps pour usurpation d'identité et violation de domicile. Voilà ce qu'il en coûte de chercher à secouer le cocotier d'une existence fade.

— Je suis…, balbutie Lucile, à la recherche d'une justification susceptible d'adoucir la sentence.

— Très pressée, je m'en doute, coupe l'homme. Et c'est déjà formidable que vous ayez fait le déplacement. Écoutez, je sais qu'Henri… enfin, son sonotone est bon pour la casse. Mais je vous assure qu'il vous est reconnaissant… tellement qu'il aimerait beaucoup immortaliser ce moment avec une petite photo…

La perplexité arque les sourcils de Lucile.

— Une petite photo pour vos réseaux sociaux, pour la sortie du roman, précise l'éditeur avec une expression implorante.

Lucile délibère avec elle-même. Sa volonté d'en finir au plus vite avec cette soirée s'oppose à la pitié que lui inspire ce pauvre homme. Elle se demande fugacement quelle horrible action a pu commettre ce pauvre Madral au cours d'une vie antérieure pour devoir aujourd'hui se coltiner un type aussi détestable qu'Henri Dalmand.

— S'il-vous-plaît, rien qu'une toute petite photo…, l'adjure encore le septuagénaire. Je vous promets que vous n'entendrez plus parler de nous après ça…

L'homme s'interrompt tout à coup, les yeux sur le crâne de Lucile. Un éclair traverse ses iris.

— Vous ne portiez pas de bonnet ?

Lucile se passe la main sur la tête.

— Vous avez dû le laisser dans l'appartement…, ajoute-t-il sur un ton compassé. Allez, montez quelques secondes, au moins le temps de le récupérer…

De nouveau, la jeune femme tergiverse : ce bonnet n'est pas n'importe quel bonnet, c'est un cadeau de son ex-fiancé, une relique. Une madeleine de Proust, les poils qui grattent en plus.

La trahison de son ex-fiancé et de sa meilleure amie ont brisé la confiance de Lucile. Elle n'avait jamais été très sûre d'elle mais depuis l'annulation de son mariage, elle ne sait plus à quel saint se vouer. Tous les aspects de l'existence, y compris les plus triviaux, la plongent désormais dans un gouffre d'incertitudes.

Au restaurant, elle balance durant un quart d'heure devant le menu et modifie sa commande jusqu'à ce que, de guerre lasse, le serveur prenne l'initiative de lui imposer le plat du jour ou le dessert du mois. Elle passe plus de temps à chercher un programme sur Netflix qu'à le regarder. Plus de temps à osciller devant la vitrine de la pâtisserie qu'à manger son gâteau. Même acheter un paquet de lessive est un problème. La peur de se tromper, de choses, de gens, la paralyse. Voilà quatre longues années que sa boussole intérieure est en vrac.

Alors, évidemment, elle hésite, le bonnet ou le trottoir. Estimant avoir suffisamment accordé sa chance au destin pour ce soir, elle opte enfin pour la sécurité. Elle gravit les marches, rejoint l'éditeur et se retrouve dans le salon de l'appartement.

Le salon où les derniers invités s'enfilent les macarons et la fin des bouteilles de champagne pour faire couler.

Le salon où un piano joue une musique romantique que personne n'écoute.

Le salon au milieu duquel est assise l'attachée de presse, accablée, une tête de panda sur les genoux.

— Eh bien, pépie l'éditeur en pénétrant dans la pièce, où donc a pu passer ce bonnet ?

— C'est moi qui l'ai pris. Désolé, j'ai oublié de le rendre…

Le reste du corps de Pandadi s'avance, un bonnet dans sa patte. Au sommet du costume psychédélique s'affiche le visage avenant d'un jeune homme châtain clair, le front en sueur d'être resté plusieurs heures sous l'étouffante fourrure.

Le menton de François Madral s'agite.

— Ah oui, pardon, bredouille le jeune homme en renfilant la tête que lui tend machinalement l'assistante désabusée.

Un léger sourire se dépose sur les lèvres de Lucile.

— Bien, voilà donc une bonne chose de faite, conclut l'éditeur. Henri… Où est Henri ? C'est pas vrai, où est encore passée cette vieille bourrique ?

— La vieille bourrique est là et elle est pas complètement sourde, tonne Henri en apparaissant de derrière le sapin.

— Nous voilà donc au complet. Mademoiselle Darc… Mademoiselle Darc ? Vous êtes avec nous ?

— Hein, ah oui…

— Je crois que c'est à vous de jouer…

— Jouer ?

François mime un appareil photo.

— Ah oui… pardon…

Elle fouille dans son sac à main, fait tomber son porte-monnaie par terre et se cogne la tête à celle du panda qui s'est précipité pour le ramasser.

Elle balbutie quelques mots d'excuses en sentant le rouge monter à ses joues. Et s'efforce d'empêcher son regard de dévier sur ce panda qu'elle ne trouve plus si ridicule que ça.

Ensuite, elle extirpe son smartphone et, s'échinant à camoufler sa nervosité, elle invite le panda et l'auteur à se rapprocher pour rentrer dans le cadre. Le panda entreprend de mettre son bras velu autour des épaules de son créateur.

— Oh, la paix ! ronchonne ce dernier en se détachant de l'étreinte, avant de lever le camp sitôt la photographie prise.

— Henri ! se récrie son éditeur. Mademoiselle Darc va nous quitter, elle aimerait sans doute que tu lui dises au revoir.

Sans se retourner, l'auteur hisse sa main et lâche un « salut » négligent.

—J'espère que cette photo sera conforme à vos attentes, se désole François Madral. Il me paraît évident que nous n'aurons pas l'honneur d'une deuxième prise.

— Elle est parfaite, réplique Lucile en rangeant son portable à toute vitesse, pressée que cesse cette mascarade.

— Vous m'en voyez ravi ! se regonfle l'éditeur alors qu'Émilie surgit dans son dos, une carte de visite à la main.

— Appelez-moi dès que vous aurez posté la photo, supplie-t-elle en la fourrant dans la main de Lucile.

On entend du verre éclater dans l'autre pièce.

— Seigneur, quelle soirée ! se navre l'éditeur. Chère Mademoiselle, je vous laisse, je dois prendre soin de mon auteur…

Il saisit les deux mains de Lucile.

— Merci du fond cœur d'être venue, votre présence aura été mon rayon de soleil. Je vais appeler le chauffeur, il va vous raccompagner.

— Non, merci, je vais prendre le métro, s'empresse de rétorquer Lucile, plus sèchement qu'escompté.

Soudain, la musique change. La mélodie entraînante d'*I'm still standing* chasse la morosité. Pendant que la stupeur dresse le cou du peu d'invités encore sur place, la voix du pianiste s'élance avec une impressionnante conviction, comme s'il lui revenait de sauver cette soirée en perdition.

Des têtes dodelinent en rythme.

Le panda gesticule son popotin et baragouine des paroles inaudibles.

— Vous dansez ? demande le museau grillagé.

Elle n'a pas le temps de répondre par la négative que Pandadi se lance dans une chorégraphie endiablée, à mi-chemin entre le Travolta de *Pulp Fiction* et celui de *Grease.*

Ridicule. Mais irrésistiblement drôle.

Aussi, lorsqu'il marque une pause pour lui présenter sa truffe clignotante en tendant sa patte, elle ne résiste pas à l'invitation d'esquisser quelques pas de danse en sa compagnie.

– 12 –
Celui qui râle

De retour dans la chambre saturé de fumée, un énième cigarillo dans le bec, Henri Dalmand bougonne contre cette soirée interminable et ce pianiste qui a brusquement bouffé du lion. Si ça c'est de la musique, il veut bien être embroché vivant.

Il caresse machinalement le métal de son étui doré.

— Tu t'es encore enfui, constate l'éditeur en passant la porte.

— Que veux-tu, la nature m'a doté d'un instinct de conservation puissant.

Il tend son étui à cigarillos vers François.

— Non merci. D'ailleurs, tu devrais arrêter de fumer, c'est mauvais pour toi.

— Faut bien mourir d'un truc.

François secoue la tête, dépité, alors que l'auteur grommelle que l'éditeur n'a beau pas fumer, ça ne l'empêche pas d'avoir vraiment une sale mine.

— Et toi, tu n'as vraiment aucune compassion.

Henri hausse les épaules et tire une bouffée de nicotine, les yeux dans le vague. La cloison filtre le vacarme du salon, transformé en piste de danse au rabais où se dandinent des alcooliques et/ou des névrosés.

— Merde, tu parles d'une cour des miracles, rumine-t-il à voix haute voix pour lui-même.

François vient de jeter un œil à la fenêtre.

— Didons, il se pourrait bien que cette soirée ne soit finalement pas si mauvaise pour nos affaires.

— Génial…, grogne Henri avec la conviction d'une huître aspergée de vinaigre.

—Arrête de faire ta vieille carne et viens plutôt voir.

L'ancien présentateur se déplie du fauteuil et se plante de mauvaise grâce devant la vitre.

— De plus en plus moches, ces décorations. On se demande bien pourquoi on paie autant d'impôts.

— Pas ça, couillon ! Regarde en bas ! On dirait bien que ton Pandadi et l'influenceuse ne s'entendent pas trop mal.

Henri Dalmand décoche une œillade dédaigneuse vers le trottoir. La stupide jeune femme au bonnet s'éloigne entre les réverbères. À côté d'elle, le museau du panda dégringole dans le dos du comédien.

Quel cirque…

Il les suit des yeux jusqu'à ce qu'ils disparaissent au coin de la rue. Alors seulement, il retire son sonotone et range ses deux prothèses dans leur boîte en plastique. Du silence, la paix. Il est temps de rentrer, il a largement rempli son contrat pour ce soir.

– 13 –
Celui qui attend que ça vienne

Après vingt minutes de marche, Jérémy et celle qu'il prend pour Sonia Darc s'engouffrent dans la bouche de métro.

Jérémy sautille pour récupérer sa carte de transport coincée dans la poche du pantalon qu'il porte sous son costume. La jeune femme sourit de le voir se contorsionner dans le tourniquet. Un sourire qu'elle a joli, en plus de posséder un charme fou. Il se dit qu'il est étrange qu'une jeune fille aussi mignonne ne se mette pas en valeur sur les réseaux sociaux à l'heure où tant de gens médiocres s'exposent sans vergogne. Il se dit que ses dizaines de milliers d'abonnés deviendraient des centaines s'ils voyaient le visage de Sonia Darc. Il se dit que c'est un peu dommage, ce choix d'anonymat quand on a la chance de compter autant de fans et que, si c'était lui, il opterait pour une autre tactique.

Les deux jeunes gens se plantent devant les marches qui mènent aux quais. Ils habitent dans des directions opposées, leur route se sépare ici.

Un courant d'air traverse le couloir gris.

Jérémy aimerait avoir le numéro de téléphone de Sonia. Mais habitué à se laisser flotter au gré de l'eau, convaincu que tout vient à point, il se contente de lui souhaiter une bonne fin de soirée avant de la laisser en haut de l'escalier.

Ses énormes pieds velus empêtrent sa démarche et le contraignent à descendre les marches en crabe. Elle est sur le quai d'en face, assise sur un siège en plastique rouge, aussi rouge que son parapluie.

Le métro s'incruste entre eux dans un vacarme de ferraille. L'influenceuse monte, s'accroche à la rampe en dépit des places disponibles et le cherche du regard. Jérémy agrippe la patte de Pandadi et la salue de sa pogne à poils. La jeune femme sourit de plus belle, la main devant la bouche. Un joli sourire, décidément. Le signal sonore retentit, les portes se referment et l'engin s'ébranle, emportant dans son ventre la jeune femme, ses adorables fossettes, son parapluie rouge et son bonnet.

La tête contre le carreau du métro, le museau du panda sur les genoux, Jérémy ressasse les évènements de la soirée. D'accord, le Pandadi version 2.0 est ridicule, le museau lumineux grotesque, la chorégraphie imposée débile. Sans parler d'Henri Dalmand, acariâtre, malpoli, manifestement peu disposé à l'aider à se faire un nom dans le métier. OK, on est loin du festival de Cannes.

Mais ce boulot, aussi absurde soit-il, a le mérite d'être bien payé. Grâce à ses revenus, plus besoin d'enfourcher un vélo pour livrer des repas avant plusieurs mois. Et, *last but not the least*, ce job lui a offert de rencontrer une jolie nana, influenceuse au demeurant, qui aura peut-être deux trois contacts à lui refiler.

À ceci près : il n'a pas son numéro.

D'ailleurs, elle non plus ne lui a pas demandé son numéro. C'est donc qu'elle ne désire pas s'aventurer plus avant à ses côtés.

Il retire la valve de l'énorme tête du panda qui se rabougrit dans un sifflement ténu.

Peut-être qu'il ne s'est montré ni drôle ni intéressant, sans compter la répugnante sueur que ce costume lui provoque tout partout et… (il souffle dans le creux de sa main) l'haleine lourde qui en découle.

Tant pis. Une de perdue…

La voix du conducteur croustille dans les haut-parleurs, terminus tout le monde descend. Jérémy rassemble ses pattes et la tête aplatie puis emboîte le pas des voyageurs épars le long des couloirs carrelés de blanc sale. Alourdi de son vague à l'âme, il gravit les marches, fait tomber la tête galette, la ramasse, reprend sa route, la tête (la sienne cette fois) rentrée dans les épaules. Comme un personnage de film remonterait son col, il renfile ses pattes et son costume au moment d'atteindre la sortie où l'attend une bruine de neige fondue. Il fait si froid que des cristaux se forment sur les poils du costume.

Il traverse la route, pousse la porte de son immeuble. Escalier, dernier étage.

Dans son appartement d'une seule pièce, il se débarrasse de son accoutrement et le réchauffe sous un sèche-cheveux.

– 14 –
Celle qui s'en veut

Lucile regagne son petit appartement où l'attend Micha, mi-paupiette, mi-chat. Pour se faire pardonner son retard, elle dégaine son repas préféré, une boîte de thon citron mélangée à du fromage à tartiner. Elle le regarde manger, comme toujours. Lui articule des petits mots, comme toujours.

Puis, à l'instar de Jérémy, couché au même moment dans son studio à l'autre bout de Paris, Lucile s'étend sur son lit. Elle y fait et défait le film de cette étrange soirée dans sa tête, une soirée dont il ne subsiste qu'un sac de *goodies*, un bouquin Pandadi ainsi qu'une photo dans son smartphone sur laquelle Pandadi prend la pose au côté d'un Henri Dalmand qui affiche une tête de trente-six pieds de long.

Se faire passer pour une autre, se rendre à une soirée huppée où elle n'était pas invitée, boire une coupe de champagne qui ne lui était pas destinée, s'emparer de *goodies* qui ne lui appartenaient pas. Tout cela lui ressemble si peu. D'habitude prudente et pondérée à l'extrême, comment a-t-elle pu prendre de tels risques et oblitérer les conséquences désastreuses qui en découleront sûrement dès que la maison d'édition aura découvert le pot aux roses, c'est-à-dire incessamment sous peu ? Ils ont peut-être déjà lancé l'alerte.

Submergée par la panique au moindre pas qu'elle discerne dans l'escalier, convaincue que la police est à ses trousses, elle dresse la liste des chefs d'inculpation dont elle s'est rendue coupable et qu'un procureur scandera devant un jury inflexible : escroquerie, usurpation d'identité, violation de domicile, vol. On lui attribuera un avocat commis d'office véreux, en négociation secrète avec la vraie Sonia Darc et l'abominable Henri Dalmand. Tout cumulé, elle écopera de trois cents années de prison, minimum.

Pourquoi ne s'est-elle pas contentée de la petite soirée tranquille habituelle ?

D'une idée sombre à l'autre, elle saute à pieds joints dans l'angoisse de perdre son meilleur ami. Comment s'en sortir si Damien part ?

Elle respire profondément, ainsi que l'enseignent les « coachs de vie et architectes de l'amour » (et dresseurs de licorne, raillerait Damien) dont YouTube pullule.

Chaque pensée qui éclate entraîne l'éclatement de la suivante. Cette nuit, l'esprit de Lucile ressemble à une machine à popcorn.

À présent, elle se désole que l'homme Panda n'ait pas réclamé son numéro téléphone. Conclusion : il n'a aucune intention de la revoir. Voilà ce qu'il en coûte d'être quelconque, inintéressante, insipide. Lucile n'est pas de celles qui marquent les esprits. Chez elle, ni attitudes négligemment mystérieuses, ni roulements de hanches dans des tenues affriolantes. Pas non plus de paroles intelligentes marmonnées d'une voix velours. En plus, elle s'habille comme un sac. Elle ne sait pas enjôler, n'a jamais su. Elle est la pâquerette au milieu d'un champ de roses, le pâté en boîte d'un menu gastronomique, un croissant sans beurre, une cacahuète ni grillée ni salée ni rien.

Pourtant, ce panda lui plaît bien. C'est vrai qu'il a des airs de son ex. Une assurance insolente. La même couleur de cheveux. Un petit quelque chose au fond du regard. Une ambition démesurée. La certitude qu'un grand avenir l'attend. Est-ce mauvais signe pour autant ? demande-t-elle au chat obèse qui s'en tamponne en ronronnant.

Disons plutôt une forme de cohérence : être toujours sensible au même type d'homme reflète une fidélité à soi.

Fidèle à soi…, se lamente-t-elle. Heureusement qu'elle l'est, fidèle à elle-même, puisque tout le monde ne se donne pas cette peine. Quatre ans se sont écoulés mais la brûlure reste cuisante. Dès qu'elle repense à la trahison de son ex et de sa meilleure amie (plus ou moins 5 000 fois par jour), la nausée la prend.

Viennent alors les questions, lancinantes, sans réponse : pourquoi elle ? Qu'a-t-elle commis pour mériter ça ? Quelle horrible dette karmique se trimballe-t-elle ? Pourquoi ne lui est-il pas donné de suivre l'exemple de ses parents dont les quarante années de mariage n'ont pas entamé la complicité ?

Surtout que sa sœur y parvient très bien, elle.

Lucile regrette de ne pas être issue d'une famille de divorcés. Elle ne souhaite le malheur de personne mais elle ne peut s'empêcher de penser que son marasme amoureux serait moins incongru au sein d'une famille rompue à la misère amoureuse. De surcroît, elle n'aurait pas à supporter le bonheur des autres.

La nuit s'achève sur la déduction : Lucile est un gâchis ambulant, une antithèse du succès, une pauvre fille qui passe son temps à se plaindre de n'être qu'une pauvre fille. Suinte alors la conclusion, inexorable : l'amour est une chienlit qui rend malheureux.

Ou alors il a juste oublié de lui demander son numéro, surpris par le métro, par une parole quelconque qu'elle aurait prononcée et qui l'aurait stoppé dans son élan. Ou alors il est timide, plus qu'elle et c'est mieux comme ça vu que… Ou alors ou alors ou alors.

Elle sombre aux premières lueurs de l'aube, alors que Micha s'étire et réclame sa dose de croquettes. Dans une minute, il lui grattera la tête.

– 15 –

Celle qui arrive en retard

Lucie trouve les vestiaires vides. Normal puisqu'elle est en retard.

Elle enfonce son manteau en boule au fond de l'armoire métallique, revêt le gilet aux couleurs des Grandes Galeries, ôte son bonnet, aplatit les frisottis de ses cheveux électriques en prenant garde au coup de jus qui ne manque jamais de surgir et ajuste le badge sur lequel figurent les mentions :

Lucile à votre service

Rayon : ça dépend

Lorsqu'elle referme la porte de son vestiaire, Damien est là, jovial, un cappuccino à la main. Sur la mousse flotte la tête d'un koala en poudre de cacao.

— Aromatisé à la vanille, comme tu l'aimes.

Elle remercie son ami d'un bisou sur la joue. Un cappuccino à la vanille, voilà le genre de réconfort dont elle a besoin ce matin.

— La nuit a été courte ?

Elle tord ses lèvres où s'est imprimée une moustache de lait et s'inquiète de savoir si elle a si mauvaise mine que ça. Elle a pourtant appliqué la dose d'anticerne.

— C'est pas tant ta tête…

Il désigne de l'index les chaussettes dépareillées. L'une rouge et jaune à petits pois, l'autre noir corbillard. D'un ton docte, il diagnostique qu'on ne se trompe de chaussettes qu'en deux occasions : forte dépression ou fin de nuit torride.

Elle décoche une œillade vannée à ses pieds, avale son cappuccino d'un trait, jette le gobelet à la poubelle, tourne la clé de son vestiaire et rouspète contre le prévisible coup de jus qui vient de la traverser.

— Aucune des deux, soupire-t-elle en secouant sa main. C'est pire que… Il m'est arrivé un truc complètement fou hier, je… mais ce n'est pas ce que tu crois, enfin, ce serait compliqué à t'expliquer là tout de suite surtout qu'on est en retard et que le roi Charles va nous tomber dessus mais voilà, bref…

Elle chuchote de plus en plus, comme si l'annonce qu'elle s'apprête à révéler lui est très inconfortable.

— …Il se pourrait que j'aie rencontré quelqu'un.

On entend la vuvuzela de Charles.

— Il se pourrait ? s'étonne Damien.

Elle concède qu'il ne s'est rien passé, rien du tout du tout, et qu'à ce stade, il n'y a vraiment pas de quoi s'emballer.

— …d'autant que j'ignore encore si je vais le revoir. Il ne sait même pas comment je m'appelle…

Brusquement, un détail lui revient : « Appelez-moi dès que vous aurez posté la photo », avait prié l'assistante de Dalmand en glissant sa carte de visite dans la main de Lucile.

— Tu es sûr que ça va ? s'inquiète Damien alors que Lucile paraît soudain ailleurs et que la porte battante qui les sépare du magasin se rapproche.

— C'est juste que ça a été une nuit compliquée… Attends-moi, je reviens.

Elle s'envole vers son vestiaire, tourne la clé en quatrième vitesse, fouille son manteau, redoutant et espérant tout à la fois de trouver la carte dans sa poche.

Elle y est, à l'endroit exact où elle l'a fourrée la veille. Cette carte à l'entête des éditions Madral, c'est la possibilité d'obtenir les coordonnées de l'homme panda. Il lui suffit de composer le numéro et de demander.

Oui mais. Appeler induit de devoir mentir à nouveau, se faire passer pour cette influenceuse et, donc, de se rendre coupable d'un nouveau forfait. Même si elle appelait en camouflant son numéro, on la retrouverait, la police déjoue ce genre de choses. Cela dit, personne ne s'est présenté pour lui réclamer des comptes, elle a eu de la chance. Dans ce cas, est-ce vraiment prudent de pousser sa chance une fois de plus ?

Et puis, en a-t-elle vraiment envie, au fond ? Il ressemble tellement à son ex fiancé. Ne va-t-elle pas chercher des bâtons pour se faire battre ?

Et si, oui mais, sauf que… La girouette intérieure de Lucile tourbillonne. Si les girouettes indiquent le sens du vent, la sienne est aux prises avec une tempête à décorner les cocus.

Très drôle, Lucile, se réprimande-t-elle, l'estomac tordu.

Julien, Nathalie. Puisque Lucile s'était trompée sur les gens qui comptaient le plus pour elle, il n'y avait aucune raison qu'elle ne se trompe pas à nouveau. Son intuition lui ayant valu d'être trompée par son futur ex époux et sa meilleure amie, autant remettre son destin dans d'autres mains que les siennes. En l'occurrence, celles d'un jouet. Peut pas faire pire, de toute façon.

Alors go consulter la boule magique.

« Il est dix heures, le magasin ouvre ses portes. Bienvenue à nos clients bien aimés ! ».

Le directeur achève sa diatribe au moment où Lucile et Damien mettent un pied dans le magasin. Lucile allonge le pas.

— Tu sembles très pressée d'affronter Mariah Carey et la horde d'enfants, s'étonne Damien alors que Lucile s'éloigne.

Elle s'immobilise, rebrousse chemin, se hisse sur la pointe des pieds et dépose un autre baiser sur la joue de son ami.

— Je te promets que je te raconterai tout.

— Bon, alors bonne matinée au pays des jouets ! On se retrouve pour notre dîner de croque-monsieur ?

Lucile n'a pas entendu, elle s'est déjà envolée.

Elle trépigne d'impatience. Elle zigzague entre les premiers clients et, au pas de courses, gagne la section des jouets. Elle se rue au rayon des boules magiques, oscille devant la multitude de boules qui s'offre à elle, finit par saisir la plus brillante, articule à voix basse la question qu'en trois minutes elle a déjà arrangée cent fois dans sa tête :

« Est-ce que je dois contacter l'assistante pour revoir l'homme-panda d'hier soir ? «

Cœur battant et paupières mi-closes, elle secoue. Elle décille lentement ses yeux. Réponse :

ABSOLUMENT !

Bon. Battre le fer tant qu'il est chaud.

Elle attrape son téléphone au fond de la poche de son gilet et rédige aussitôt un SMS à l'attention de l'assistante. Incertaine du ton qu'une fille comme Sonia Darc emploierait, elle s'y reprend à trois fois avant d'opter pour un message cordial sans plus, dénué d'hésitation mais pas de conviction. L'inverse de la manière dont Lucile s'exprime en somme.

Je suis Sonia Darc. Votre comédien possède quelque chose qui m'appartient. Merci de me transmettre ses coordonnées.

Elle compose #31# pour masquer son numéro et presse la touche d'envoi, regrettant déjà son geste, espérant tout à coup que l'assistante ne reçoive pas son message ou n'y réponde jamais, sans regret puisqu'elle aurait au moins essayé.

La réponse est quasi instantanée.

Chère Sonia, quelle joie de vous lire ! Nous sommes si heureux de vous avoir compté parmi nos invités prestigieux hier soir ! Nous espérons que cette petite soirée en l'honneur de notre Pandadi aura su allumer des étoiles dans vos yeux ! Monsieur Henri Dalmand, écrivain, et son éditeur, Monsieur François Madral, se joignent à moi pour vous remercier vivement de votre chaleureuse présence. Je reste à votre entière disposition.

Amicalement,

Émilie, assistante.

PS : Voici le numéro de Jérémy, notre Pandadi : 06-08...

Il s'appelle donc Jérémy.

La sensation d'être à la croisée des chemins assèche la gorge de Lucile : appeler ce garçon, ou pas ; s'ouvrir à la possibilité d'une histoire ou fermer la porte ; se vautrer dans le souvenir douloureux d'une trahison, ou s'autoriser à avancer. Les Jérémy sont-ils des êtres fiables ? Et cette ressemblance avec son ex constitue-t-il un test à ne pas rater ou, au contraire, une nouvelle chance ?

« Est-ce que je dois contacter ce Jérémy ? » chuchote-t-elle alors qu'un gamin la fixe avec intérêt.

Elle pivote d'un quart pour échapper au bambin et secoue la boule, qui répond :

Quand faut y aller faut y aller !

Les yeux rivés au cadran mobile où s'écrit la marche à suivre de sa vie, Lucile se mord l'intérieur de la joue jusqu'au sang.

— Ça veut dire quoi, ça dépend ? l'aborde tout à coup l'enfant dans son dos.

Elle sursaute, dépose la boule sur l'étalage et tourne vers le mioche un sourire commercial.

— Qu'est-ce que je peux faire pour toi ? demande-t-elle en se penchant à hauteur du garçonnet, les mains sur les cuisses.

L'enfant tend son index vers le badge accroché au gilet de la jeune femme.

— C'est écrit : « ça dépend » pour les rayons. Ça dépend de toi ou de ton patron ?

Elle détaille l'enfant qui la scrute comme un scientifique dans son microscope. Les secondes dégoulinent, Mariah Carey s'égosille.

— Alors ? s'impatiente le garçonnet.

— De mon patron.

— C'est archi nul.

Le sourire de Lucile se fige. Une femme émerge tout à coup, visiblement soulagée.

— Victor, te voilà ! Ça fait dix minutes que je te cherche ! Qu'est-ce que je t'ai dit dans les magasins ? Interdiction de t'éloigner de moi ! Surtout sans me prévenir. Tu te rends compte ? Tu pourrais te perdre !

— Mais je voulais aller au rayon des jouets, plaide le gosse.

— Ce n'est pas toi qui décides ! Tu es trop petit pour ça. Tu décideras quand tu seras plus grand.

Tandis que la dame capture la main de son fils, l'enfant déporte son regard pénétrant vers Lucile.

— T'es grande, toi. Alors pourquoi tu décides pas ?

— Excusez-le, bredouille la mère. Mon fils est un peu spécial. Allez maintenant tu viens, Victor. Si tu ne lâches plus ma main jusqu'à la sortie, on ira manger à la crêperie, tu sais, celle que tu aimes bien.

La mère tire le fils qui lambine mollement, sous le regard songeur de Lucile. Elle s'en veut d'avoir donné malgré elle une leçon de vie si désespérante à ce petit garçon.

Elle reporte son attention sur la boule magique dont l'injonction demeure inscrite sur le cadran rotatif :

Quand faut y aller faut y aller !

Entendu. Mais via un SMS. Pas trop intrusif, juste ce qu'il faut pour laisser à ce Jérémy la possibilité d'un refus.

– 16 –
Celui qui prend une décision

Entre deux ventes de luminaires et agencement des loupiotes sur le majestueux sapin du magasin, Damien passe la journée à composer dans sa tête des croque-monsieur en prévision de sa soirée avec Lucile.

Tout à l'heure, comme toutes les semaines depuis quatre ans, il quittera les Grandes Galeries et apportera de quoi dîner chez elle. Il se chargera du repas, mettra la table, préparera la chasse aux trésors hebdomadaire (un chemin de petits dessins cachés, débouchant toujours sur un cadeau dérisoire, un objet rigolo avec toujours un peu de lumière), et attendra qu'elle rentre à l'issue de son travail, dont elle débauche une heure et demi après lui le dimanche.

Exit les classiques tranches de pain de mie garnies de jambon et de fromage, Damien adore inventer de nouvelles associations. Réconfortantes lorsque Lucile a besoin d'être consolée, roboratives quand elle a faim, légères quand elle se plaint de repas trop copieux la veille, sucrées comme l'enfance quand elle a un coup de mou.

Bien sûr, Damien ne présente pas les choses ainsi, il n'annonce pas, il élabore les recettes en fonction de ce qu'elle lui confie, il anticipe selon ce qu'il pressent. Il connaît ses goûts par cœur, ses ingrédients préférés, ceux qu'elles détestent. Il sait qu'elle aime le pain légèrement grillé, qu'elle commence par en manger les coins, il sait qu'elle aime grignoter la salade avec les doigts depuis toute petite. Il sait sa manière particulière de tenir sa fourchette, sa façon de remonter son genou sur la chaise quand elle est à son aise, de placer sa main devant sa bouche quand elle rit, de se mordre l'intérieur de la joue dès qu'elle est gênée.

Il sait ses intonations, la couleur de ses yeux, de ses joues, de ses larmes et de son rire. Il sait ses danses et l'inflexion de sa voix quand ils délirent devant *The Voice*. Sa fragilité, ses failles et les tremblements de ses doigts quand l'angoisse la prend. Ses inquiétudes, ses angoisses, ses blessures, ses émois, ses joies, ses rêves, ses envies, ses espoirs, il les sait aussi.

Surtout, il sait que c'est elle. La femme de sa vie.

Sauf que.

Incapable du premier pas, habitué à faire tapisserie près du mur, Damien a passé sa jeunesse à attendre le quart d'heure américain. L'empoté qui marchait sur les pieds des filles, c'était lui. Au monde complexe qui lui échappait, il préférait le refuge tangible des éclairages où tout était attendu, logique et clair, c'est le cas de le dire. La peur du ridicule, la peur de décevoir, la peur de ne pas se montrer à la hauteur le paralysaient. La peur de s'exprimer, aussi.

L'âge adulte n'a rien arrangé, même s'il ne bégaie plus.

Murielle des cosmétiques l'aborde sur le trottoir. De sa bouche où déborde un rouge à lèvre fuchsia, elle lui demande des nouvelles de sa mutation. Le bruit de sa promotion à Tours s'est répandu, enchérit Catherine des arts de la table.

— Toi, t'es un sacré petit veinard, intervient Fabrice, des baskets. Alors, c'est quand que tu t'envoles vers l'infini et au-delà ?

Damien répond qu'il n'a pas encore pris sa décision.

— À ta place, je n'hésiterais pas une seconde. Les gens sont devenus tarés à Paris, se désole Murielle en pointant un index pointu sur les passants aux fronts baissés. Regarde-les, ils marchent tellement vite que s'ils ont le malheur de s'arrêter, ils créent un carambolage. Dès le lendemain de ma retraite, je file loin de cette ville de fous. Toi, tu n'as pas encore de famille, qu'est-ce qui te retient ici ?

Damien hausse les épaules à l'instant où un éclair zèbre le ciel. S'ensuit un tonitruant coup de tonnerre. La pluie coupe court à la conversation, au grand soulagement de

Damien qui n'a pas envie de s'attarder sur l'épineuse question de son départ.

À la vérité, il ignore quoi faire. D'un côté, cette mutation à Tours constitue assurément une opportunité professionnelle à ne pas négliger. De l'autre, vivre loin de Lucile lui semble impossible. Depuis la proposition de Charles, Damien est perdu.

Vaincus par la vigueur de la pluie, les vendeurs s'encapuchonnent ou déploient leur parapluie. Tous s'éloignent, qui vers son arrêt de bus, qui en direction d'un autre trottoir.

L'eau ruisselle dans les caniveaux, les réverbères dessinent des fleurs sur le bitume. Damien discerne la lune derrière l'épais coton des nuages, les étoiles sont nombreuses, une belle nuit s'annonce. Il presse le pas, le cœur en fête à la perspective de l'agréable soirée à venir.

Il s'engouffre dans le métro où s'entasse une multitude de voyageurs humides, se procure le ravitaillement dans le Monoprix dont il connait par cœur l'agencement des rayons, bonsoir à la caissière qui lui rend son salut, gagne l'immeuble de Lucile, monte les marches quatre à quatre, ouvre la porte du petit deux-pièces où l'accueille Micha-la-paupiette, sûr d'être copieusement nourri.

Le jeune homme se met aussitôt à l'œuvre : il pose ses courses dans la cuisine, répartit les ingrédients utiles au dîner de ce soir sur le plan de travail, dispatche le reste dans le réfrigérateur et le placard, remplit l'écuelle de

Micha et concocte le dîner avant de mettre la table. Comme à son habitude, il plie la serviette de Lucile en forme d'oiseau. Puis, il dispose ses petits bouts de papier dans l'appartement. Ce soir, la chasse au trésor conduira la jeune femme à un stylo clignotant, bricolé par Damien. Un peu de lumière dans la vie de Lucile.

Quand tout est fin prêt, il se pose sur le sofa à côté du chat en attendant le retour de son amie. Une clé tourne dans la serrure après un quart d'heure. Damien bondit du canapé, prêt à lancer son « Mademoiselle » habituel. La porte s'ouvre sur une Lucile ruisselante malgré son parapluie rouge. D'un seul regard, elle embrasse le décor, Damien tout sourire et la table dressée du salon.

Ses lèvres s'arrondissent en un « Oh, mince », échappé à son insu.

Ils demeurent interdits. Autour d'eux flotte une savoureuse odeur de cuisine.

— Tu avais oublié, constate Damien.

Lucile jette un œil à l'horloge accrochée au-dessus de la porte et, visiblement rassérénée, elle se compose une mine souriante.

— Un peu, admet-elle. Mais ce n'est pas grave, je n'ai rendez-vous qu'un peu plus tard, ça nous laisse assez de temps si on dîne maintenant.

Elle hume l'air et s'exclame que ça sent terriblement bon.

— On peut reporter si tu préfères, suggère Damien en s'efforçant de ne rien laisser paraître de sa déception.

— Pas question ! Tu me laisses dix minutes le temps de me préparer et on se met à table, ça te va ?

— Parfait, mentit le jeune homme dans un chiffon de sourire.

— Tu sais, fait Lucile depuis la salle de bain dont elle n'a fermé la porte qu'à demi… Le garçon dont je te parlais ce matin et que je n'étais pas sûre de revoir. Bah je vais le revoir ce soir finalement. On a prévu de prendre un verre et… comment tu me trouves ?

Lucile porte une robe noire simple, ses cheveux sont relevés en un chignon flou. Mal à l'aise, elle se tord dans l'encadrement de la porte.

— J'ai l'air d'une cruche, c'est ça ?

Il pense : Tu es merveilleuse, fabuleuse, incroyable.

Il balbutie, les yeux rivés aux lattes du parquet. :

— Non, pas du tout, tu es très bien.

— Tu es sûr ? Ça ne fait pas trop… ? Ou pas assez ?

Elle étire son front et ses yeux avec ses doigts. Sa bouche amorce une moue gênée.

— Non, répète-t-il d'une voix éraillée, tu es parfaite.

Elle pose la main sur son front comme le ferait une maman attentive et arbore tout à coup une expression suspicieuse.

— Dis donc, tu n'aurais pas pris froid, toi ?

Elle éternue et rit : manifestement, elle aussi a attrapé un rhume.

— On aurait peut-être mieux fait de se prévoir une soirée télé avec un grog, embraie-t-elle équipée de son merveilleux sourire. Alors, on se le fait ce délicieux dîner ?

Elle mange à toute vitesse. Comme le temps manque pour du pain grillé, elle dit qu'elle préfère s'en passer, rapport aux kilos qu'elle essaie de perdre. La bouche pleine, elle s'extasie sur les talents culinaires de Damien.

Le jeune homme se rend compte qu'elle ne mange que pour lui faire plaisir. Il la soupçonne d'avoir rendez-vous dans un restaurant et de s'obliger à dîner deux fois pour ne pas le vexer. Elle est comme ça, Lucile, à se préoccuper des sentiments des autres plus que d'elle-même, quitte à s'oublier.

— Tu sais, tu n'es pas obligée de te forcer.

Elle suspend son geste, fixe Damien dans les yeux, replante sa fourchette dans un morceau de patate douce.

Il la stoppe d'une main sur son épaule.

— Lucile, je t'assure que je comprends. Ça ne me gêne pas de remettre ça.

La fourchette de Lucile s'immobilise une nouvelle fois, à mi-chemin entre l'assiette et sa bouche.

— Tu es sûr que ça ne te dérange pas ?

— Pas le moins du monde. D'autant que tu as de supers tupperwares.

L'humour pour camoufler son désarroi.

— Arrivage direct des Grandes Galeries, stipule-t-elle, debout déjà.

Elle enfile son manteau, saisit son sac et rejoint la porte d'entrée, escortée par Damien.

— Tu peux rester aussi longtemps que tu veux, lui dit-elle. Merci pour tout.

Elle s'attarde sur le perron et grimace un sourire gêné. Avec ses épaules voûtés et ses genoux en-dedans, elle ressemble à une fillette angoissée.

— Ça fait tellement longtemps que je n'ai pas eu de rendez-vous galant, finit-elle par lâcher. J'ai l'impression que je ne saurai plus faire. Rien qu'embrasser… Il va détester ma tenue, non ? Damien, en tant qu'homme, tu es vraiment certain que ça passe ? Ne m'épargne pas, sois franc.

Elle a désigné ses vêtements, son visage, ses chaussures, tout son être.

— Tu vas l'éblouir.

Elle fait la moue.

— L'éblouir, carrément ?

— Carrément. Et tu peux me croire : je m'y connais en lumière.

— Tu es le meilleur ami du monde.

— Et toi la fille la plus en retard que je connaisse. Dépêche-toi, Cendrillon, ton prince va se transformer en concombre si tu le fais trop attendre.

Elle s'envole. Son parfum perfore le cœur de Damien.

La porte refermée, il débarrasse, nettoie la vaisselle et emballe le repas à peine entamé.

— Qu'est-ce tu veux que je te dise ? lance-t-il à Micha qui l'épie d'un air maussade. Je ne vais pas lui gâcher son moment. Elle en a tellement bavé. Je suis content qu'elle retrouve l'envie de rencontrer du monde. C'est ce qu'on attend d'un ami, non ? Je suis son ami. Juste un ami.

Le chat miaule sa réprobation.

— Ouais bah je voudrais bien t'y voir, mon gros.

La pluie est froide et Damien, lourd comme une enclume. Il ne voit plus ni les étoiles ni la lune, seulement le ciel terne qui tombe en morceaux.

Il marche et repense aux paroles de sa collègue. Murielle a raison : rien ne le retient ici si ce n'est la souffrance d'un amour impossible.

Il s'empare de son téléphone. Il est tard mais qu'importe, il ne veut pas risquer de changer d'avis. Charles décroche.

— J'accepte la mutation.

– 17 –
Celle qui avance

Pour ce premier rendez-vous, ils se sont retrouvés dans un restaurant à mi-chemin entre leurs deux domiciles avant de s'asseoir dans un bistrot autour d'un dernier verre. Jérémy l'appelait Sonia, évidemment.

Ils ont parlé de tout, de rien, entre deux silences troublés, mais quoi de plus normal lorsqu'on se connaît si peu. Elle a appris qu'en attendant de percer, il était sosie de Claude François en hommage à son père et livreur UberEats « en hommage à son propriétaire », elle a ri et s'en est émue à la fois. Il l'a interrogée sur son parcours d'influenceuse, elle a inventé un peu et louvoyé beaucoup. Pour ne pas s'appesantir, elle lui a demandé si la chorégraphie de *Panduli Pandadou* était difficile à exécuter, il lui a promis qu'il la lui enseignerait, un jour. Ce verbe, conjugué au futur, a sonné comme un possible.

Ils ont en outre évoqué la soirée de leur rencontre et l'attitude déplorable d'Henri Dalmand. Elle a confessé s'être attendue à un autre comportement de la part de l'idole des enfants. Est-ce un genre que la vedette se donne ? Une manière de se faire passer pour une diva ? a interrogé Lucile/Sonia.

Même pas, s'est navré Jérémy. Dalmand est odieux en public comme en privé, à balancer des vacheries à voix haute quand il ne se calfeutre pas derrière un impénétrable mutisme.

Par exemple, a continué de s'épancher Jérémy, hier après-midi, avant la soirée, il avait accompagné Dalmand à l'enregistrement d'une émission de télévision. Dalmand s'était plaint que la maquilleuse avait une haleine à décimer un régiment de singes. Bien sûr, celle-ci était encore dans la loge, occupée à ranger ses pinceaux. Après ça, alors que la présentatrice venait d'achever son allocution de présentation, Dalmand avait parlé des injections de botox de la journaliste, arguant qu'elle était plus figée qu'un Mister Freeze. On avait coupé la caméra, l'assistante s'était confondue en excuses.

— Un délire de toute puissance, a lâché Lucile, en proie à une inexplicable colère.

— Laissons-lui le bénéfice du doute, a atténué Jérémy. D'après Émilie, ce serait à mettre sur le compte d'une paire de prothèses auditives en carafe. C'est sûrement vrai. Je ne veux pas imaginer qu'on puisse être mauvais à ce point-là.

— Tu ne veux pas ou tu ne peux pas ? l'a corrigé Lucile, grave.

— Je ne veux pas. Je préfère penser qu'on ne blesse pas par plaisir. Si on le fait, c'est parce qu'on n'a pas d'autres choix.

Lucile a articulé en jouant distraitement avec la paille de son mojito que c'était une vision bien optimiste des choses, cf. son mariage foireux et sa meilleure amie pourtant rencontrée en maternelle.

— En tout cas, la pauvre assistante n'a pas un boulot facile, a soupiré Jérémy. J'espère au moins qu'elle est bien payée.

Ils se sont quittés avec un baiser timide sur la joue, quoiqu'au bord des lèvres. Ont convenu de se rappeler.

Il a pris un Vélib', elle le métro, convaincue qu'il ne la rappellerait pas, et ce pour deux raisons : primo, les hommes n'aiment pas s'embarrasser des femmes mal dans leurs baskets, même si elles font l'effort de porter des ballerines. Deuxio, on ne peut pas leur faire confiance, a fortiori quand ils ressemblent trait pour trait à un ancien fiancé.

Toute la journée suivante, l'image de ce jeune homme mi-Pandadi, mi-son ex l'a poursuivie. Elle a multiplié les maladresses, omis de badger la pointeuse, étiqueté les poupées au lieu des circuits, rangé les peluches à la place des jouets de société, un vrai bazar. Elle a guetté son téléphone en se maudissant de s'être volontairement nichée dans cette position d'attente.

Le soir, désespérée, elle a décrété qu'on ne l'y reprendrait plus.

Le surlendemain, elle a reçu un SMS.

Ils se sont retrouvés, dans le même restaurant. Ont évoqué leurs racines, elle au sein d'une famille parfaite à l'exemple inatteignable, lui issu d'une tribu de joyeux lurons à la tête d'un orchestre de bals populaires, sur les routes chaque week-end.

Avant d'en arriver naturellement à l'unique point commun de leur enfance, la pierre angulaire de leur mercredi après-midi, le fameux Henri Dalmand.

La veille, a rapporté Jérémy, lors d'une dédicace dans une librairie de Lille décorée pour l'accueil du monde merveilleux de Pandadi, le vieil animateur a balancé à voix haute au sujet d'une maman venue acheter un livre pour son fils que vu la tronche de sa tignasse, il y avait fort à parier qu'elle s'était coupé les cheveux toute seule. Vexée comme un pou, la maman, pourtant fan de la première heure, a tourné les talons, les larmes aux yeux, d'autant qu'elle sortait de chez le coiffeur (qui, c'est vrai, avait complètement raté sa coupe). Tout avait été à l'avenant, chaque nouveau lecteur se prenait une vacherie, enfants y compris, certains avaient même pleuré, bref un fiasco total. Pressée par les circonstances, l'assistante avait lancé la musique afin que les déhanchements de Pandadi chassent la morosité. Sans succès, cela va de soi.

— Ce devrait être interdit de décevoir tous ces gens, a soupiré Lucile en entendant le récit de cet énième échec. Henri Dalmand a fait rêver tellement de monde, comment peut-il se montrer si odieux ? On ne devrait pas avoir le droit d'abîmer les rêves.

Jérémy a opiné. Il a noté que leur job, c'était aussi en quelque sorte de donner du rêve, Sonia en proposant des contenus inspirants sur les réseaux sociaux, lui en endossant bientôt des rôles d'envergure dans des films à gros budget. Elle a confirmé, mal à l'aise de sentir qu'elle s'enferrait dans un mensonge dont elle voyait de moins en moins comment s'extirper.

Ils ont échangé un baiser, sans que Lucile sache qui, de lui ou d'elle, en a été l'initiateur. Ce dont elle est sûre en revanche, c'est que cela s'est avéré sympathique. Doux comme la caresse du vent, sucré comme un bonbon Arlequin à un arrêt de bus. Elle a été flattée qu'il l'embrasse. Ou se laisse embrasser.

– 18 –
Ceux qui déjeunent

Après le deuxième rendez-vous, elle a encore attendu son appel plusieurs jours. Comme elle se morfondait devant son téléphone silencieux, elle a fini par demander à la boule magique si elle devait rappeler. Ce à quoi cette dernière a répondu :

Sans aucun doute

Préconisation que Lucile s'est empressée de suivre.

Elle a bien fait. Voilà trois semaines qu'ils se fréquentent. La boule magique est une conseillère avisée et précieuse.

— Tu te rends compte ? s'écrie-t-elle ce midi devant le sandwich de la pause déjeuner. Il est aussi sosie de Claude François, en plus d'être panda (elle ne s'étend pas, la honte de son mensonge la retient) et livreur de repas.

Le nez dans son pain, Damien bredouille que ce n'est pas commun. Elle confirme d'un hochement de tête et embraye :

— Tu vois, son truc, c'est de faire rêver les gens.

— Ce doit être un chouette type.

Elle mâche une autre bouchée.

— Oui, un chouette type. Tu ne me le voleras pas, hein ?

Damien sourit. Oui, parce qu'entre autres malentendus, il y a la présupposée homosexualité de Damien. C'est qu'à force de le voir seul, Lucile se figure très sérieusement que Damien aime les garçons. Et comme il ne la contredit pas clairement…

— Aucune chance, ironise-t-il. Je fais partie de ceux qui pensent qu'on ne peut pas faire confiance à un panda qui danse, surtout s'il a la tête de Claude François.

Elle rit.

— T'es bête. Je te le présenterai un de ces quatre.

Faux. Elle n'y compte pas, pour des raisons évidentes. De toutes façons, Damien n'y tient pas, trop douloureux, trop compliqué.

— À l'occasion, ce serait sympa, affirme-t-il néanmoins.

Le klaxon d'un bus éclate dans la rue. Le chauffeur a manqué de renverser un scooter.

— Donc, tu es amoureuse, continue Damien une fois le vacarme évanoui.

— C'est encore un peu tôt mais y a du potentiel. Il possède plein de qualités. On se revoit tout à l'heure. Coréen et karaoké.

— Ce soir, encore ? Ça fait quoi, sept rendez-vous ?

— Je vois que tu tiens les comptes. Le huitième ce soir. C'est dingue, hein ?

Damien termine son sandwich au goût de ciment.

— Il vient te chercher après le boulot ?

— Non… Je préfère…

Lui cacher que je ne suis pas celle que je prétends être.

— … enfin, tu vois quoi, me préparer un minimum.

— C'est bien, lâche Damien après une seconde. Je suis content pour toi.

— Et toi, ta mutation à Tours ? Avec tout ça, on en n'a pas reparlé...

— J'ai accepté.

Elle peine à déglutir.

— Quand ?

— Je pars le 24 décembre.

— Mais c'est tôt ! se récrie-t-elle.

— Je commence le 26. Je profiterai du 25 pour aménager.

— Mais tu vas t'installer où ?

— Les Grandes Galeries m'ont trouvé un appartement. Ils gèrent même le déménagement.

— Ah… C'est bien. C'est très bien. Une sacrée chance pour ta carrière…

— Oui. Allez, je dois y retourner, ça coince encore avec l'éclairage du sapin.

Lucile achève son déjeuner en regardant la rue. Elle s'égare dans la contemplation du baril transformé en gril d'où émane la réconfortante odeur de marrons chauds. Le vendeur agite ses moufles au-dessus des braises pour réchauffer ses mains.

Il lui sera difficile de vivre sans son meilleur ami. Hors de question toutefois de l'empêcher de profiter d'une si belle occasion. Et puis Tours, ce n'est pas si loin. Qui sait, Damien trouvera peut-être chaussure à son pied dans cette nouvelle vie. Il le mérite plus que quiconque, même si son ami trouve cette expression stupidement consensuelle et s'en moque dès qu'il la surprend dans la bouche d'un des candidats de *Mariés au Premier Regard* ou de *L'amour est dans le pré* dont ils raffolent. Et que, s'attriste-t-elle tout à coup, ils ne regarderont plus ensemble.

Elle s'imagine les dîners à quatre. Elle va même jusqu'à se figurer l'enterrement de vie de garçon qu'elle lui organisera (quitte à se déguiser en garçon) et le discours qu'elle prononcera à ses noces.

La vision du mariage lui provoque illico des remontées acides. Heureusement, la pause touche à sa fin. Contrainte de déporter son attention vers la vraie vie, Lucile débarrasse les déchets de son repas, pousse la porte de service et retrouve le monde merveilleux des Grandes Galeries et son horripilante bande-son mariahcarreysque.

— Ah, Lucile, vous êtes là ! l'apostrophe le directeur avec un air particulièrement enjoué tandis qu'elle arrange un nouvel arrivage de poupées. J'ai une grande, une immense nouvelle à vous annoncer. Devinez !

— Une bonne nouvelle ? se méfie la jeune femme qui redoute les idées farfelues de son directeur.

— Elle n'est pas bonne, ma chère Lucile. Elle est PRO-DI-GIEUSE !

– 19 –
Celle qui panique

Des trombes d'hypothèses plus ou moins emballantes pleuvent dans l'esprit de la jeune femme : les lieux publics n'ont plus le droit de diffuser du Mariah Carey pendant dix ans ? Les politiques ont décidé d'annuler Noël ? Les soldes sont avancées de quinze jours ? On a trouvé un moyen de protéger les porteurs de bonnets acryliques des cheveux électriques ? On ferme les refuges pour animaux pour manque d'abandon ?

— Alors ? frétille le directeur. Dites quelque chose, n'importe quoi !

— …

— Le 23 décembre, nous allons accueillir Henri Dalmand ! Oui oui, THE Henri Dalmand, l'idole de toute une génération de bambins. Je me souviens comme si c'était hier des mercredis après-midi passés devant la télévision. Ah, je sens encore l'odeur de la tarte aux pommes de ma mère qui cuisait dans le four. La tarte aux pommes, pas ma mère. Hum, vous sentez ? Enfin bref, je ne sais pas si vous êtes au courant mais en plus d'être un animateur du petit écran, Monsieur Dalmand est également auteur de livres pour enfants.

Pris dans l'élan de son enthousiasme, il se met à fredonner en agitant sa main à la façon d'un chef d'orchestre.

— Pandadi Pandadou Pandada, Je suis content quand tu es près de moi. Tu es mon ami merveilleux, mon petit panda scrogneugneu… Ça vous parle forcément, ma petite Lucile. Personne n'a pu passer à côté de ce gros panda qu'on a tous voulu prendre dans les bras. Ah, Pandadi… toute une histoire. Enfin bref, l'extraordinaire nouvelle, c'est que je viens d'avoir l'éditeur de Monsieur Dalmand au téléphone. Figurez-vous qu'il est d'accord pour nous offrir au débotté une séance de dédicaces ici même, aux Grandes Galeries ! Et ce malgré un planning des plus chargés. Et avec Pandadi, la musique, un décor et tout le tremblement ! On va recréer le plateau de l'ancienne émission !

Lucile a blêmi.

— Et savez-vous quel rayon accueillera cet immense évènement ? enchérit Charles devant une Lucile pâle comme ses genoux. Non ? Le rayon jouet, Lucile, le vôtre, évidemment !

— Évidemment…, répète-t-elle d'une voix blanche. Mais le Père Noël ? J'ai appelé l'agence et…

— Au diable le Père Noël ! On annule, on décale, on déplace ! Donc un décor qui reprend les codes de l'émission…

Le directeur poursuit sa tirade à une Lucile à mille lieux de là. Si Jérémy vient aux Grandes Galeries, il réalisera qu'il n'a jamais eu à faire à Sonia Darc mais à une simple vendeuse volante de grands magasins.

— Vous m'écoutez, Lucile ?

— Oui oui, bien sûr.

— Bien, alors, comme je vous l'expliquais, là on mettra…

Quel hasard cruel préside à sa vie ? Un mauvais sort, un enchantement tueur d'espoirs ?

Et encore, s'il n'y avait que Jérémy. Dalmand est un mufle, un atomiseur d'illusions, un serial killer d'enfant intérieur. Lui permettre d'officier aux Grandes Galeries, c'est offrir à cet horrible bonhomme de nouvelles victimes sur un plateau d'argent. La perspective de se rendre complice d'un génocide de rêves de gosse la transperce.

— Le public s'installera dans trois rangés de gradins que nous monterons ici, se passionne le directeur sans se douter le moins du monde qu'une araignée d'angoisse est en train de grignoter son abdomen.

Lucile réfléchit tous azimuts. Elle n'aura qu'à se faire porter pâle, une journée off, ça arrive d'être malade, personne n'est irremplaçable, suffit de demander à son orthopédiste de beau-frère, puisque sa mère le lui a proposé…

— Je vois bien que ça vous inquiète, Lucile. Mais soyez tranquille, vous ne serez pas seule, le magasin entier vous épaulera. En revanche, je devrai pour ma part vous fausser compagnie. Mon avion décolle à 16h.

Il se tait et, d'un signe, demande à Lucile de s'approcher et, à voix basse :

— Entre nous, partager ce moment avec Monsieur Dalmand m'enchanterait plus que l'Ile Maurice. Que voulez-vous, ce que femme veut…

Il pose la main sur l'épaule de la jeune femme et reprend en augmentant le volume.

— Vous serez à la hauteur, j'ai toute confiance en vous.

La salive cartonnée au fond de la gorge, Lucile opine. Charles s'éloigne en sifflotant gaiement l'air de *Pandadi Pandadou.* Sitôt que le directeur a quitté son champ de vision, elle se précipite sur une boule magique.

« Est-ce que je dois m'absenter le 23 ? » articule-t-elle lorsqu'une dame l'interrompt pour lui demander où se trouvent les toilettes. Sans s'en rendre compte, Lucile secoue la boule en indiquant la direction. Ses yeux se posent distraitement sur le rectangle de la prédiction :

Résiste, prouve que tu existes.

À la question de savoir si elle doit se montrer honnête et confesser sa véritable identité à Jérémy, la boule répond :

Mange plutôt un chocolat.

Direction le distributeur de la salle de repos. Un Kinder Bueno fera l'affaire.

– 20 –
Celle qui s'appelle Hop

— Un, deux, trois, allez hop !

Elle se retourne. Elle a cru qu'on l'appelait. Mais non, ce n'est qu'un mioche entre deux parents qui enjambe un caniveau.

Sonia Darc ne s'appelle pas Darc. Elle s'appelle Hop. Sonia Hop. Comme hop hop hop, hop-là et allez hop, du coup.

Additionné à son 1m45, sa voix fluette, et sa myopie carabinée qui l'oblige à porter des verres épais à la limite du double foyer, elle est convaincue que ce nom contribue à faire d'elle une petite chose sans crédibilité. Dans la cour de récréation, on la portait sans arrêt, comme une poupée. Ce n'était pas forcément méchant, mais en grandissant (enfin « grandir », c'est vite dit), elle en a eu marre. En fait, depuis toute petite, ceux qui ne se fichent pas d'elle la surprotègent, comme une poupée, un truc incapable de se débrouiller.

Elle allonge le pas. Elle n'aime pas être en retard même si c'est pour faire des cafés et des photocopies.

Il y a quelques années, elle a vu dans l'émergence des réseaux sociaux un bon moyen de devenir quelqu'un d'autre. On est qui on veut derrière un écran.

Alors elle a décidé qu'elle serait Sonia Darc, un pseudonyme rapport à l'actrice Mireille Darc, décédée le jour où elle a décidé de se lancer. Ce n'est pas un hommage, plutôt un concours de circonstances.

Elle présente son badge à la réception où des greluches interchangeables la toisent de haut, se tasse dans l'ascenseur entre deux grands gaillards et une liane qui la dépasse d'au moins deux têtes et la scrute avec un mélange de pitié et de compassion, et s'éjecte à l'étage de l'hebdomadaire où elle travaille.

Enfin, travaille, c'est vite dit. Son diplôme de journaliste ne lui est d'aucune utilité pour appuyer sur une machine Nespresso et préparer des Powerpoint imaginés par d'autres. Elle se rêvait journaliste d'investigation et grand reporter, elle est experte en bourrage de papiers et intensité d'arabica. Pourtant, en réunion édito, elle a proposé un millier de sujets au moins. À chaque fois, le rédacteur en chef la renvoie à sa photocopieuse au motif que ce genre de sujets demande à être traité par des journalistes aguerris et solides, des experts de terrain. Résultat, on la remercie pour son idée formidable et on ne l'écoute plus. On la prend régulièrement pour une stagiaire de troisième.

Le plus fou, c'est que là où la vie s'est montrée souvent ingrate pour Sonia Hop, elle a tout de suite souri à son avatar, Sonia Darc. Les portes se sont ouvertes sans effort, les cadeaux des plus grandes marques ont afflué quelques semaines seulement après ses débuts d'influenceuse, les propositions de partenariat itou, on l'a tout de suite considérée et prise au sérieux. Trois mois après sa création, son compte dédié à la vie en général et à rien de particulier comptabilisait dix-mille abonnés. Puis cent-mille. Puis cinq-cent-mille. Preuve s'il en est qu'endosser le rôle de la mystérieuse Sonia Darc est de loin la meilleure idée qu'elle ait jamais eue.

Pourtant, parfois, être une autre lui pèse.

Elle est la première arrivée de l'étage, comme tous les matins. Elle apprécie ce moment de calme avant la tempête de la rédaction. La femme de ménage est en train de vider les dernières poubelles. Une petite dame à peine plus grande qu'elle, proche de la retraite. Elle est la seule à ne l'avoir jamais tutoyée. La seule à la considérer, en somme. Comme chaque matin, elles se donnent des nouvelles et échangent des broutilles.

— J'ai rendez-vous chez le coiffeur à 10h et après, je file chez ma libraire, il paraît qu'elle a reçu des exemplaires du livre de Pandadi. Normalement elle m'en a mis un de côté mais vu la vitesse à laquelle ça part, je crains qu'elle m'oublie. Mon petit-fils raffole de ces histoires. À quatorze ans, je pensais que ça lui serait passé, mais non, ça fume en cachette mais ça continue à aimer les histoires de panda. Il a toute la collection. Vous connaissez Pandadi ?

Ça pour connaître, Sonia connaît. Quand elle a reçu l'invitation à la soirée de lancement, elle a aussitôt songé à un signe du destin : n'était-il pas temps pour elle de révéler le vrai visage de Sonia Darc et ainsi, montrer à tous ceux qui ne pariaient pas un kopeck sur elle que Sonia Hop, la petite Sonia Hop, était capable de grandes choses ? Quelle occasion plus symbolique que se dévoiler lors d'une fête donnée en l'honneur d'Henri Dalmand, qu'elle regardait à la télévision quand elle était enfant ? Une belle façon de boucler la boucle.

Résultat, elle a passé deux heures sous la pluie à attendre en vain l'arrivée d'un chauffeur. Ça lui a coupé la chique de lever le mystère. Surtout, elle qui aime tant suivre les signes et se laisser porter par la vie, elle y a vu comme la rançon de sa gloire. Sonia Darc tu as souhaité devenir, Sonia Darc tu resteras.

— Vous connaissez Pandadi bien sûr ?

— Vaguement, oui.

— Mon petit-fils serait vert d'apprendre que je vous ai raconté ça. Il a une réputation à tenir.

Elle adresse un clin d'œil à Sonia.

Sonia Hop aurait laissé tomber cette histoire. Elle en avait tiré les conséquences et était passée à autre chose.

Mais les paroles de la dame de ménage résonnent : Sonia Darc n'a-t-elle pas, à l'instar du petit-fils de la dame de ménage, une réputation à tenir ? Que dirait-on si ça se savait dans le milieu qu'on pouvait poser un lapin à Sonia Darc sans problème ? Dès lors, ne devrait-elle pas manifester son mécontentement d'une manière ou d'une autre ?

– 21 –

Celui qui téléphone

— Allo ! Didons, la chaperonne m'a parlé d'un truc.

— La chaperonne ? crépite la voix au téléphone.

— Ton assistante qui me suit partout comme un petit chien, grogne Henri Dalmand en allumant la télévision, un casse-croûte de pain et de pâté sur les genoux. Emilienne.

— Ah, Émilie, tu veux dire.

— Je suis à deux doigts de lui acheter un paquet de croquettes…

— Sois gentil avec elle, tente l'éditeur au bout du fil. C'est une chouette fille. Et elle est si contente de travailler avec toi.

— Je peux pas aller pisser sans la trouver derrière la porte. Je peux même pas me gratter l'oreille sans qu'elle me propose son doigt. Et encore, je te parle que de l'oreille.

— Arrête de te plaindre, Henri. Elle veut juste faire en sorte que tu ne manques de rien et que la promotion de ton livre se passe au mieux.

— Justement, parlons-en de la promo. Qu'est-ce que c'est encore que cette histoire avec les Grandes Galeries ?

— Ah oui, je voulais t'en parler. Ça s'est décidé tout à l'heure. J'ai eu le directeur au téléphone. Il est surexcité. Tu me connais, j'ai mis mes conditions. Ce sera énorme. ÉNORME. Ils vont te recevoir en grandes pompes.

— Les grandes pompes, c'est pour les gens qu'ont des grands panards, souffle Henri, un index sur la télécommande, l'autre sur la molette de son sonotone dont un larsen strident vient de vriller ses tympans. Les vieux comme nous, ça se contente d'une paire de Charentaises.

— Les vieux comme nous… Parle pour toi, mon ami. Hors de question que je m'enferme dans des chaussons. Je ne suis qu'au début de l'aventure. Soixante-douze ans, c'est la liberté, mon pote !

— Tu diras ça à ta boîte de Viagra et à l'huissier qui te court après.

— Un peine-à-jouir, voilà ce que tu es, soupire François. Non mais attends… Je rêve où je t'entends bouloter, là ? Tu n'as quand même pas oublié le rendez-vous avec le producteur pour l'adaptation ciné de Pandadi dans une heure au Ritz ?

— Si.

— Émilie a dû t'apporter un smoking…

— Qui ?

— Arrête de me faire marcher. Le type ne s'engagera que si la star de son enfance est présente. Il va venir avec sa mère, tu réalises ce que tu représentes pour ces gens ?

Henri Dalmand se frotte les tempes.

— Wahou, une vieille en robe cocktail, tu sais vendre du rêve.

— Henri, de nous deux c'est toi le vendeur de rêves.

— Ouais bah tu m'excuseras, j'ai pas été livré. Rupture de stock.

— Va te raser, enfile ton plus beau sourire, le taxi te récupère dans une demi-heure.

— …

— Henri, je suis sérieux, la maison d'édition et moi, on a vraiment besoin de ce chèque pour se remettre à flot. Je sais que j'ai déconné et que j'ai mal géré mon affaire mais, Henri, tu es ma carte joker. La seule. Je compte sur t…

Biiiip

– 22 –
Celui qui se paie une tranche de nostalgie

Dalmand a raccroché sans attendre la fin de la conversation. On ne le laissera donc jamais tranquille. Il a travaillé toute sa vie. N'a-t-il pas mérité sa retraite ?

Il lâche un juron, éteint la télévision, se déplie sans entrain du sofa et traîne ses pantoufles jusqu'à la poubelle où il balance sa demi-baguette, son bol de chips, son morceau de saucisson et sa tranche de pâté. Idem pour le petit rouge dans son verre à pied qu'il vide dans l'évier. Adieu sa petite soirée pépère, sans personne pour l'enquiquiner, il doit faire le mariole et amuser la galerie, encore.

François a besoin de lui.

Henri Dalmand se plante devant la housse contenant le costume et se projette à six décennies de là, au temps de leur rencontre, à la Maison de la Jeunesse de la Ferté-Milon où il venait d'emménager avec sa famille.

Le garçonnet de douze ans peinait à trouver sa place au milieu des autres enfants. Impossible de s'incruster dans ces groupes de mioches formés depuis la prime enfance.

D'ailleurs, entre François Madral et Henri Dalmand, la connexion avait été tout sauf immédiate.

François Madral était le genre de gamin à l'aise dans tous les milieux, belle gueule, charismatique, rusé à la limite de la roublardise, assez bavard pour paraître sociable, pas trop non plus pour garder l'air intelligent. À côté, le grassouillet Henri Dalmand faisait pâle figure.

Durant des mois, ils n'avaient eu absolument rien en commun.

Un jour de printemps, les animateurs de la MJC avaient décidé de monter un spectacle de fin d'année, sur la base du volontariat. Aucune consigne pour le spectacle, chacun était libre de réaliser la prestation de son choix, sous réserve qu'elle n'excède pas trois minutes et qu'elle reste dans les limites de la morale.

Évidemment, Henri ne s'était pas senti concerné, d'autant que la plupart des garçons avait exprimé leur souhait d'organiser un tournoi de foot plutôt qu'un spectacle à « fifilles ».

Contre toute attente, François était venu le trouver pour lui proposer de faire front commun. Au début, Henri s'était montré méfiant, échaudé par la méchanceté de certains gosses.

— On pourrait faire un sketch comme ceux de Fernand Raynaud ? avait suggéré François Madral à Henri qui, de toute façon, n'aurait pas osé insuffler la moindre proposition, persuadé à l'avance qu'il se verrait opposer une fin de non-recevoir. Ma mère adorait Fernand Raynaud, avait encore expliqué le magnétique François. Ma belle-mère, elle, elle ne peut pas le saquer, ça lui fera les pieds.

Henri avait perçu la sensibilité sous la croûte de perfection du populaire François Madral.

Assis à califourchon sur les ruines du château de La Ferté, balançant des cailloux sur les sauterelles qui jaillissaient des herbes hautes, les deux compères avaient expliqué leur vie : Henri avait déroulé les manières dont sa transpiration s'accentuait au moindre stress, et la blessure de ne jamais être à la hauteur des attentes de ses parents. François, lui, avait narré la mort de sa mère et le remariage de son père avec une « poule dégueulasse ».

Ensemble, ils avaient écrit un sketch de trois minutes pile. Au fil des répétitions, chaque soir pendant un mois, ils avaient supprimé des phrases mal tournées et ajouté des mimiques.

Le soir de la représentation, on avait installé une estrade en bois dans la salle des fêtes. Matérialisées par des draps tendus, les coulisses bruissaient de petites filles en jupes à smocks et aux cheveux laqués.

Les deux garçons y avaient rongé leur frein (et leurs ongles) tandis que d'innombrables groupes de petites nanas se la donnaient sur Zizi Jeanmaire, Dalida ou Johny Hallyday.

Un grand silence avait accueilli l'arrivée sur scène des deux complices aussi assortis qu'une courgette et un potiron. Un couillon avait braillé : « Eh, Laurel et Hardy ! », des rires avaient fusé.

Mais sitôt qu'Henri avait prononcé la première réplique, le parterre d'adultes s'était gondolé de rire, un autre genre de rire que celui auquel il était accoutumé. Il y avait eu tellement d'applaudissements qu'ils avaient recommencé leur sketch trois fois.

À soixante ans de là, Henri pouvait encore entendre les rires et sentir l'odeur des coiffures cartonnées des filles.

Après, il s'était passé ce qui s'était passé…

Henri Dalmand dézippe la housse. L'odeur de pressing chasse aussitôt celle de la laque et des souvenirs. Rien n'efface en revanche celle des regrets et des remords. Enfin, c'est la vie. Accompagnée de sa tartine de merde et de sa farandole de compromissions.

Henri Dalmand saisit le nœud papillon du bout des doigts. La vache, y a même des paillettes. Il grimace : se fader une vieille folle et son rejeton plein aux as ne suffit pas, il doit en plus se déguiser en pingouin. Faut-il qu'il l'aime, son pote. Et aussi, qu'il ait des choses à se faire pardonner…

Hors de question toutefois de se rabaisser complètement. Alors, pour faire bonne mesure, il ne se rasera pas et se rendra au restaurant en chaussons. C'est à prendre ou à laisser parce que, merde, trop bon trop con.

– 23 –

Celle qui ne trouve pas le sommeil

Il fait nuit depuis longtemps. La pluie bat la vitre du vasistas et dessine des pointillés sur leurs visages.

Les yeux grands ouverts, bercée par les mouvements ascendants et descendants de la poitrine de Jérémy, Lucile ressasse le projet de dédicace de Dalmand aux Grandes Galeries. Elle connaît trop le goût des rêves abîmés pour accepter qu'Henri Dalmand flingue le moral des gens sous la coupole de ses Grandes Galeries.

— Ça va, Sonia ?

Ce prénom…

Bien sûr qu'elle devra révéler tôt ou tard son identité à Jérémy. Mais pas tout de suite, parce que ses bras, ses cheveux, son rire, sa voix pleine de sommeil, sa peau, son humour et son ambition débordante lui rappellent son ex fiancé et même si elle est consciente que cette relation ne fait que verser du sel sur sa blessure, elle ne sent pas d'y renoncer pour le moment et ressent le besoin d'un répit après ses quatre années de tristesse. Problème, Jérémy accompagnera forcément Dalmand le 23 décembre…

Le ciel change de couleur, l'ombre des gouttes se décale sur les draps et éclaire la lanterne de la jeune femme. Une seule solution : empêcher coûte que coûte la tenue de cette fichue dédicace. Mais comment s'y prendre ?

Aux premiers chants d'oiseaux, elle se lève discrètement. Rejoint la salle de bain à pas de loup. Rince son visage à l'eau froide du lavabo. S'attarde sur son reflet dans le miroir, se désole de ses traits tirés, des poches sous ses yeux, de son teint cireux. Se compose une figure résolue, noue ses cheveux façon Rambo comme ils font dans les films un peu nuls qu'elle aime regarder avec Damien (dommage qu'il aime les garçons), donne un baiser furtif aux lèvres de Jérémy qui dort encore et se met en route.

Elle marche vite, elle a un plan et donc du pain sur la planche.

– 24 –
Celui qui deviendra le roi des pandas

François Madral pose l'étui en cuir brun de son carnet de chèques sur le bureau. Le soleil blanc répand dans la pièce une luminosité pâle. Installé sur le fauteuil d'en face, Jérémy chemine mentalement entre les arbres dénudés du Parc du Luxembourg sur lequel la fenêtre offre un joli panorama.

En goguette sur la jardinière, un pigeon rondouillard vocalise des roucoulades.

Selon les termes contrat, Jérémy est payé chaque semaine en fonction des prestations accomplies. Alors après quatre entretiens de cet acabit, ce rendez-vous hebdomadaire avec son employeur a des allures d'habitude.

L'éditeur appuie sur le bout de son stylo Mont-Blanc laqué de noir, remplit le chèque, le signe et le détache de son talon.

— Vous faites un super boulot, je vous ai donc octroyé une petite rallonge, annonce-t-il en tendant son salaire à Jérémy. Après tout, nous sommes une équipe. Vous avez donné un coup de peps à notre vieux panda. Les ventes sont très encourageantes. M'est d'avis qu'il y aura du Pandadi sous tous les sapins de France et de Navarre. Je vais vous confier un secret, mais attention, motus et bouche cousue jusqu'à l'annonce officielle. Même Henri n'est pas au courant. J'ai votre parole ?

Jérémy hoche la tête, plie le chèque et le range dans la poche intérieure de son blouson sans même jeter un œil au montant.

— L'adaptation cinéma verra le jour dans un an ou deux, je viens d'avoir le producteur au téléphone.

Au mot « cinéma », Jérémy dresse l'oreille. Entrevoit la possibilité d'un rôle, un *booster* de carrière.

— Et ce n'est pas tout ! se réjouit encore l'éditeur en cliquant et recliquant le bout de son stylo. Déjà dix-huit traductions signées ! Et ce n'est que le début ! Du chinois, du japonais, de l'hébreu, du javanais, de l'italien, de l'anglais, de l'espagnol, du grec, de l'albanais, du tamoul, du finlandais et dieu sait quoi encore. Partout, dans le monde entier, ce sera une déferlante ! J'espère que vous n'avez pas peur de l'avion. Il va sans dire que chaque pays aura son Pandadi local mais connaissant notre Henri, il vaut mieux prévoir de lui adjoindre son propre Pandadi, si vous voyez ce que je veux dire. Bref, où ira Henri, vous irez, enfin si cela vous tente. Vous les brieferez, vous leur apprendrez les ficelles du métier. Vous deviendrez en quelque sorte le chef des Pandadis du monde entier ! Le boss du troupeau ! Qu'en dites-vous ? Prêt pour une carrière internationale ?

Jérémy est le genre d'homme à accepter les possibilités qui se présentent, même si elles ne semblent pas de prime abord le rapprocher des plateaux de cinéma et des projecteurs. Tous les chemins mènent à Rome.

— Vous serez rémunéré à la hauteur de vos déplacements, cela va sans dire. Vous fumez ?

L'éditeur fait glisser une jolie boîte en bois peint vers le comédien. Jérémy saisit un cigare. Comme il ignore comment le fumer mais qu'il ne veut pas avoir l'air d'un plouc, il compte imiter les gestes de l'éditeur. Malheureusement pour lui, François l'invite à utiliser en premier un outil à trou. Que Jérémy, après une longue seconde d'atermoiements intérieurs, a l'idée saugrenue de renifler.

— Coupe-cigare, déclare François après plusieurs secondes.

On est un acteur ou on ne l'est pas, Jérémy a tout de même suivi le Cours Daniel (50% moins cher que les Cours Florent, une aubaine). Alors il ne se démonte pas.

— Effectivement, et de belle facture, souligne-t-il en feignant de poursuivre une exploration particulièrement tatillonne.

Poussé par le regard insistant de l'éditeur, il s'embarque à couper le cigare. Et manque de perdre une phalange au moment où une porte claque quelque part dans le couloir.

— Satanés courants d'air, note François.

Rien à voir avec l'air, c'est Émilie qui déboule dans le bureau, hirsute. François sort aussitôt une boîte de Kleenex de son tiroir.

— Je ne pleure pas, dit-elle avant d'être secouées de sanglots.

— Allons allons mon petit, ne vous mettez pas dans des états pareils, la réconforte l'éditeur en lui tendant un mouchoir. Je sais qu'Henri peut parfois se montrer désagréable mais ce n'est qu'une carapace, c'est un vrai gentil au fond, il faut juste savoir le prendre.

Elle enfouit son nez rouge dans le Kleenex et annonce dans un jaillissement de sanglots :

— Ce n'est pas Henri, Monsieur Madral…

– 25 –

Celui qui sort du bureau

— Reprenez-vous, Émilie, je suis certain que ça ne peut pas être aussi grave…

L'assistante sanglote, incapable d'articuler un mot. Compatissant, François se soulève de son fauteuil et lui apporte un verre d'eau, tout en l'invitant à prendre place sur le canapé. Elle y dégouline littéralement, le corps ramolli par l'ampleur de la catastrophe.

Il tente de la consoler.

— Vous travaillez beaucoup, vous êtes à fleur de peau, Henri vous fait la vie dure, vous craquez, c'est normal. Mais tout se passe à merveille, je disais justement à Jérémy que notre plan commercial est une véritable réussite et qu'un film va voir le jour, bien que ce ne soit pas grâce à Henri. Ce vieux chenapan est arrivé en Charentaises au restaurant ! Croyez-le ou non, le producteur a trouvé ça sensationnel.

— C'est Sonia Darc, bredouille tout à coup Émilie en relevant une demi-seconde la tête de son mouchoir avant de l'y replonger aussitôt.

Jérémy a dressé l'oreille malgré lui. Mais comme il n'a aucune envie d'être mis en porte-à-faux (il sait que dans le milieu du show-business, prêter l'oreille aux rumeurs s'avère souvent préjudiciable), il s'efforce de déporter son attention sur le cigare coupé de travers que personne n'a allumé.

— Eh bien, mon petit. Allons, quoi qu'il se passe, ce n'est assurément pas la fin du monde…

Rien n'y fait, l'assistante demeure inconsolable en dépit des paroles apaisantes de son employeur. À la guerre comme à la guerre, l'éditeur se résout à enclencher la vitesse supérieure. Il avise la carafe en cristal qui trône sur une petite guérite. Y brille un liquide ambré. Il s'en approche, la saisit, la débouche dans un *poc*. Il ne peut s'empêcher de porter le goulot près de son nez pour une dégustation olfactive. Avec cérémonie, il verse ensuite une lichette dans un petit verre assorti à la carafe. Il s'apprête à égrainer le nom et les caractéristiques de ce whisky (japonais, vieilli en fut de sherry avant d'être embouteillé à une température de 55 degrés exactement, en provenance directe de la distillerie Karuizawa dont la production s'est arrêtée en 2000 et qui rend de plus en plus difficile l'approvisionnement, ce dernier s'effectuant exclusivement auprès de négociants d'Asie du S…) quand l'assistante repose son verre. Avalé d'un trait sous le regard consterné de l'éditeur.

À 39 000 euros le litre, un whisky de cette qualité réclame tout de même quelques égards…

— Je pourrais en avoir encore un peu ? demande-t-elle en reniflant.

François Madral n'a pas le cœur de refuser. Il se délecte du bruit, quelle douce musique à ses oreilles que cette mélodie du fluide qui rencontre le cristal, sans parler du spectacle merveilleux que donne à voir la lumière piégée dans…

— Ce serait possible d'en avoir encore un peu ?

Ses pensées dégringolent sur la voix d'Émilie. Non mais elle a déjà tout bu ?! Il regrette, il aurait mieux fait de lui proposer un Coca.

— Pourquoi ne pas nous expliquer d'abord ce qui vous tracasse ? fait-il en saisissant le verre.

Elle inspire à pleins poumons et se lance.

Elle raconte qu'inquiète de ne pas voir passer sur les réseaux de Sonia Darc la photo prise lors de la soirée de lancement, elle s'est permise de lui envoyer une relance. Oh, rien de direct, juste un court message pour se rappeler à ses bons souvenirs en lui demandant si elle était bien rentrée, ce soir-là, après la fête.

— Je reconnais bien là mon assistante, dit l'éditeur en se tournant vers Jérémy qui s'est levé et s'apprête à sortir. Angoissée mais maline. Une anguille. Toujours prendre son air con et sa vue basse pour obtenir quelque chose, voilà le secret. Vous partez ?

Sans désir d'assister à ce genre de scènes dont les tenants et les aboutissants ne le concernent pas, Jérémy opine, salue et quitte la pièce où les sanglots ont repris.

— Bon bon, là là, fait l'éditeur comme à une enfant après avoir levé une main distraite à l'adresse du comédien qui n'est déjà plus là. Et qu'a-t-elle bien pu répondre à votre gentil message pour vous mettre dans un tel désarroi ?

— Elle est furieuse.

— Allons bon, s'étonne-t-il dans un léger mouvement de recul alors que Jérémy atteint le trottoir et loupe toute l'affaire. Mais pourquoi donc ? Les petits fours étaient fameux, le champagne merveilleux et Pandadi tout à fait à la hauteur. Bon, il n'y a qu'Henri qui, je le reconnais, peut parfois se montrer un peu pinailleur. Mais de là à déclencher l'ire d'une influenceuse aux 500 000 abonnés… D'autant qu'elle m'a fait très bonne impression, cette demoiselle. Une jeune femme tout à fait charmante. Pressée, certes, mais charmante. Quelle erreur avons-nous bien pu commettre pour lui déplaire ? C'est à propos du sac de *goodies* ? C'est moi qui le lui ai remis et il me semble que ce sac ne présentait aucune anomalie…

Émilie attrape en tremblant le smartphone qu'elle porte en bandoulière. Après trois tentatives pour déverrouiller l'écran tant ses gestes sont maladroits, elle tend l'objet à son patron. Qui plisse les yeux derrière ses lunettes et interroge :

— Comment ça, un lapin ?

Émilie hausse les épaules.

— Bah, un lapin, quoi. C'est quand on vous laisse en plan pour un rendez-vous.

— Merci, je sais ce qu'est un lapin, s'agace-t-il. Pourquoi dit-elle qu'on lui a posé un lapin ? Vous aviez bien prévenu le chauffeur d'aller la chercher à 19h ?

L'assistante opine.

— Et elle est bien arrivée à notre petite fête sur les coups de 19h30, comme prévu.

La bouche de l'assistante se tord.

— C'est peut-être justement là que ça coince.

Toutes ces devinettes horripilent l'éditeur. Son flegme se délite peu à peu.

— Je ne vous suis pas, Émilie. Pourriez-vous être plus claire ?

— Il était prévu que le chauffeur la récupère à 19h à l'angle de la rue Le Peletier et de la rue de la Victoire, pas très loin des Grandes Galeries, vous voyez l'arrêt de bus, bah c'est pas très loin, il y a …

D'un signe empressé de la main, François Madral lui commande de mettre la seconde et d'aller à l'essentiel.

— Oui, je vous demande pardon. Bon, je continue… Personne ne sait à quoi Sonia Darc ressemble, alors il nous fallait une indication, une marque de reconnaissance. Vous voyez ?

L'éditeur voit. Très bien. Il pense : ACCOUCHE, bon sang de bois! Il se contente d'opiner.

— Nous avons convenu qu'elle aurait un parapluie rouge. Le chauffeur a embarqué une fille avec un parapluie rouge.

— Qui s'est présentée comme Sonia Darc, j'imagine.

— Qui a confirmé être Sonia Darc, corrige-t-elle, les lèvres pincées pour faire barrage à un nouvel assaut de larmes de crocodile.

L'éditeur fronce les sourcils et demeure immobile un bref moment, quand l'ampleur de la confusion lui apparaît soudain dans son ensemble. Il laisse échapper un « Oh putain », reprend la carafe, se remplit un verre à ras bord et l'avale cul sec.

— Elle compte faire une story sur les réseaux pour expliquer aux jeunes de se méfier des partenariats, enchérit Émilie en jouant avec ses doigts comme une fillette.

— Elle se bornera sûrement à parler en généralité sans mentionner la maison d'édition.

— Ça m'étonnerait. Vu son degré de mécontentement je doute qu'elle prévoie de nous épargner.

Décomposé, l'éditeur s'écroule dans le canapé à côté de son assistante.

— Mais la jeune femme qui est venue, c'est qui du coup ?

L'assistante hausse les épaules.

– 26 –

Celle qui élabore des stratagèmes

Debout près de sa table basse où git l'emballage d'une ligne téléphonique prépayée, Lucile prend une profonde inspiration. Quand faut y aller, faut y aller. Micha-la-paupiette lèche un de ses coussinets, impassible.

Elle compose le numéro inscrit sur la carte de visite dont elle plie et déplie le coin pour tromper l'angoisse. Viennent les tonalités longues comme des autoroutes. Chacune d'elles est un kilo de plomb enfoncé dans son estomac. Son souffle est rapide. Le Sopalin collé sur le combiné tremblote au rythme de sa respiration.

Ça ne répond pas.

Soulagée, elle s'apprête à déposer un message vocal quand éclate un « allo » in extremis.

— Yes, allo…

Elle se sent prise au dépourvu. Elle s'entraîne pourtant depuis plus d'une heure. Elle toussote histoire de gagner du temps. Répète :

— Allo ?

— Oui, allo !

— Je m'appelle my name is Monica.

Quel accent minable !

— Allo ? grésille l'autre. Je ne vous entends pas bien, vous êtes ?

— Monica, my name is mon nom c'est Monica.

— Monique ?

— No, Monica, avec un a (qu'elle prononce "ey") comme dans *Friends*.

La référence a fusé à son insu. *Friends*, la série qu'elle et Damien connaissent par cœur. Lui reviennent les obsèques qu'ils ont organisées dans ce même salon à l'annonce de la mort de Matthew Perry, l'un des acteurs principaux du sitcom. Il y a eu des rires et aussi des larmes ridicules de son côté que son ami a accueillies en épluchant quelques oignons, histoire de ne pas la laisser pleurer toute seule. Elle a trouvé les épluchures le lendemain matin dans sa poubelle, c'est comme ça qu'elle a su qu'il n'avait pleuré que pour lui être agréable.

Bref.

— Monica, vous dites ? fait la voix au bout du fil. Oh la la, la ligne est très mauvaise…

L'incompréhension de son interlocutrice la prend de court. Submergée de panique, Lucile retire le Sopalin du combiné et métamorphose derechef son accent américain en accent brésilo-canadien.

Tout en cherchant du réconfort auprès de son gros chat qui lui montre son vénérable popotin, elle s'empêtre dans des explications confuses : elle s'appelle Monica-Céline (rapport à Céline Dion), appelle depuis Rio de Janeiro (non mais pourquoi Rio ???? se réprimande-t-elle en son for intérieur) et elle est responsable du CDA, le Comité pour la Défense des Animaux (ça lui est venu en regardant Micha, le plan d'origine évoquait un orphelinat).

Elle explique que le CDA organise à Paris son congrès annuel de charité charitable samedi prochain (toute la journée et jusqu'à tard le soir, s'empresse-t-elle d'ajouter, histoire de ne laisser aucune possibilité d'intercaler la séance de dédicace aux Grandes Galeries) et serait très honoré de pouvoir compter sur la présence du fabuleux, merveilleux, inénarrable Monsieur Dalmand (non mais inénarrable, sérieusement ? Elle ne sait même pas ce que signifie ce mot.)

— Ah oui ? Bien que Monsieur Dalmand adore les animaux, il n'a jamais exprimé la moindre position officielle à ce sujet.

Aïe, la maison d'édition se méfie. Trouver une parade, vite vite vite. En attendant, tousser.

— À cause du Panda, finit par répliquer Lucile. Il faut sauver les pandas, *isn't it* ? Avec tous ces bambous qu'on arrache, ils n'ont plus rien à manger et comme ils n'aiment pas faire des bébés…

Non mais quel rapport, Lucile ??? Vas-tu te taire ?!

— Enfin, au CDA, on prend la cause des pandas très au sérieux…

Une pause. Cette conversation n'a aucun sens, se flagelle Lucile. Si seulement tu t'en étais tenue à ce qui était prévu, mais non, toujours à tomber dans l'esbrouffe. Va-y, sors les rames et raccroche les wagons, maintenant, boulet.

— Je suppose que Monsieur Dalmand aussi !

Presque un cri. Le surgissement d'une intelligence inconsciente et supérieure ! Ce n'est pas pour se vanter mais elle est sacrément bien retombée sur ses pattes.

— Quoi donc, Monsieur Dalmand aussi ?

— Bah les pandas, se navre Lucile en même temps qu'elle fulmine contre son interlocutrice qui ne fait aucun effort pour suivre la conversation. Il les aime, non, les pandas ?

Une pause à l'autre bout de la ligne. Une seconde, ou deux ou dix. En tout cas, c'est long. Quand soudain :

— Il n'y a aucun rapport avec *Friends* finalement, si ?

Lucile grimace et Micha s'en fout.

— Pas tellement non.

— Bon, donnez-moi votre numéro, je vous tiens au courant.

— Oui oui bien sûr, le numéro, voilà voilà…

Lucile s'empresse de recomposer l'emballage de la carte SIM pour en retrouver le numéro. Elle indique qu'il y aura beaucoup de journalistes ainsi que des invités prestigieux qu'elle ne peut dévoiler maintenant pour d'évidentes raisons, un comité restreint, trié sur le volet, et un chef cuisinier primé au guide Michelin. Trois étoiles, précise-t-elle.

— Je vois si ça peut coller dans l'emploi du temps de Monsieur Dalmand et je vous rappelle dès que possible.

Lucile s'abandonne au fond de son canapé, en sueur à cause de l'émotion.

— J'étais comment ?

Le gros chat saute au bas du sofa et quitte la pièce. On entend ses pattes gratter les copeaux au fond du bac en plastique de sa litière. Traduction littérale quoique dénuée d'élégance : Tu as été à chier, ma pauvre Lucile.

Le téléphone sonne au bout de dix minutes. Reconnaissant le numéro, Lucile se recoiffe, à la manière d'une actrice qui se met dans la peau de son personnage. Elle répond sur la dernière sonnerie, de façon à induire chez l'appelant l'idée qu'elle n'est pas à disposition, qu'elle a du travail, des occupations, qu'elle n'attend pas après Dalmand.

— Monica-Céline ? C'est à nouveau Émilie, des éditions Madral. Monsieur Dalmand est très honoré que votre comité ait pensé à lui. Malheureusement, il a pris d'autres engagements pour le 23 décembre.

Lucile croit déceler une pointe de déception dans la voix de l'assistante.

— Il ne peut pas décaler ? On peut sans doute trouver un arrangement, insiste Lucile avec un accent qui tend maintenant vers l'italo-antillais.

— Impossible, lui répond-on, catégorique. Mais soyez certaine que nous étudierons toute invitation ultérieure qui émanerait de votre fondation.

Lucile raccroche. Dépitée, elle s'empare d'un stylo bille et barre le plan A de sa liste. Reste heureusement le B et le C.

– 27 –
Celle qui n'aime pas le grabuge

Après avoir longuement réfléchi au rendez-vous manqué avec Pandadi et Henri Dalmand, Sonia Hop avait d'abord choisi de laisser filer et de ne pas se manifester. Ce contretemps dénotait sûrement un problème de communication interne aux éditions Madral, la faute retomberait sur quelqu'un, a fortiori sur une petite main, parce que c'est toujours les petites mains qui prennent en cas de dysfonctionnement. Elle ne gagnerait rien à provoquer le renvoi d'un employé, elle-même avait tant subi les aigreurs des patrons par le passé.

Ainsi avait-elle relégué cette affaire au rang des évènements sans conséquences.

Jusqu'à la réception du message de l'assistante des éditions Madral, étonnée de ne pas voir apparaître sur ses réseaux sociaux une photographie prise à la dite-soirée. Ils étaient quand même culottés, chez Madral : non contents de l'oublier sur le trottoir, ils avaient en plus le toupet de lui demander de poster une photo de Pandadi.

Si Sonia Hop chuchotait de laisser courir, Sonia Darc avait trop de respect pour sa communauté pour passer sous silence les manières peu scrupuleuses de certaines entreprises à l'égard des influenceurs honnêtes. Pour se faire, il lui faudrait frapper un grand coup afin de créer un impact significatif et déclencher un buzz. Buzz qui lui rapporterait en outre son lot de nouveaux abonnés.

Restait à trouver où et comment.

C'est chose faite.

En naviguant sur le compte Instagram des éditions Madral, elle vient de repérer l'annonce d'une dédicace aux Grandes Galeries pour le 23 décembre. L'occasion rêvée de confronter tout ce petit monde. Elle va donc s'y rendre.

– 28 –

Celle qui a d'autres idées en stock

— Allo ? Je suis bien aux éditions Madral ? Je voudrais joindre le secrétariat du directeur. Qui je suis ? Je suis… euh… Madame (coup d'œil au chat) Catsan. La raison de mon appel ? C'est personnel. D'accord, je patiente.

Cette fois, Lucile est passée par le standard dont elle a trouvé le numéro sur Internet. Elle a reconnu aussitôt la voix de l'assistante de tout à l'heure, cette Émilie dont Jérémy ne cesse de lui brosser un portrait de désolation.

Les premières notes de *Pandadi Pandadou* grésillent dans son tympan. Alors qu'elle replace le Sopalin sur le combiné, la secrétaire de direction s'annonce. Toujours la même voix…

Après avoir revérifié que son numéro de téléphone est bien camouflé, Lucile entame son laïus.

En tant que responsable du fan club de Monsieur Henri Dalmand, elle souhaite communiquer auprès des membres sur l'événement qui aura lieu samedi aux Grandes Galeries. À cette fin, elle aurait besoin de renseignements complémentaires. Est-il possible d'ouvrir le magasin à l'aube afin que les nombreux fans puissent prendre possession de l'espace le plus tôt possible ? Pourront-ils, le cas échéant, dormir sur place, dans le rayon literie par exemple ? Où pourront se garer les cars qui viendront de toute la France ? Le magasin est-il équipé pour recevoir l'affluence extraordinaire que ne manquera pas de susciter la venue d'une telle célébrité ?

— Je dis ça parce que de nombreux commentaires sur Internet font état de problèmes de sécurité récurrents. Regardez par vous-même. Vous comprendrez que je ne sois pas sereine.

Lucile insiste, se plaignant du choix d'un tel lieu puisque les commentaires s'accordent à l'estimer peu propice à l'organisation d'un évènement de cette ampleur.

Son aisance la surprend. Elle se trouve plutôt bonne dans le rôle d'une présidente psycho-rigide de fan-club. Il faut dire qu'elle a bien préparé son coup : elle a passé la journée à rédiger de faux avis sur Google à l'aide de comptes inventés pour l'occasion. Sous divers pseudonymes, elle y prétend que le magasin rencontre des soucis de salubrité, de service et de sécurité. Elle éprouve un chouia de culpabilité à l'égard de son employeur et de ce magasin qu'elle aime tant. Elle a l'impression de cracher dans la soupe.

C'est pour la bonne cause, se convainc-t-elle en écoutant la réponse balbutiante et interloquée de l'assistante qui lui assure qu'elle fera remonter l'information. Lucile ressent aussi de la compassion à l'égard de cette pauvre Émilie qui semble avoir été placée vivante dans le tambour d'une machine à laver.

Elle raccroche sans s'attarder espérant que ses arguments feront mouche. Ne reste plus qu'à patienter.

Lucile patiente, donc.

Aux aguets, elle attend la nouvelle du désistement de Dalmand.

Mais les jours passent et le programme ne varie pas, Henri Dalmand est toujours annoncé pour samedi prochain. Comme pour la narguer, un Pandadi géant composé par Damien illumine à présent le pharaonique sapin sous la coupole du magasin, Charles sifflote *Pandadi Pandadou* du matin au soir, et Lucile doit étiqueter la tonne de peluches Pandadi au museau clignotant commandée pour l'occasion. Bref, un échec sur toute la ligne.

Il lui reste un ultime stratagème, qu'elle hésite cependant à mettre en œuvre tant le risque est énorme. Le jeu en vaut-il la chandelle ? Elle n'en est pas certaine. Alors elle place la décision entre les mains de la dernière boule magique du magasin, qu'elle a planquée derrière des voitures télécommandées avant qu'un client s'en empare.

— Est-ce que je dois lancer le Plan C ?

C'est certain

— J'ai l'impression qu'il y a un truc qui te chiffonne, remarque Damien sur le trottoir, à l'heure de quitter le magasin.

Au lieu de répondre « Mon petit copain m'appelle Sonia, on s'apprête à organiser la séance de dédicace la plus catastrophique de l'histoire, je panique à l'idée de faire un truc fou qui me coûtera sûrement mon boulot, tu fais tes cartons pour Tours », elle balaie la réflexion d'un revers de la main.

— Tout va bien.

Dire qu'il y a un mois, elle était incapable de mentir. L'être humain change vite.

– 29 –
Celui qui s'invente une tata

Henri Dalmand a menti pour qu'on le laisse tranquille, prétextant une visite à une vieille tante de 98 ans. Sentant le coup fumeux, François a haussé un sourcil.

— Depuis quand t'as une vielle tata, toi ?

— Depuis qu'ils ont arraché un tas de vigne. Elle était là, juste en dessous, en train de sucer des cailloux.

Cette fois, personne ne viendra le tirer de son canapé, ni François, ni l'assistante détraquée, ni aucun couillon de panda. Le monde peut s'écrouler, tsunami, bombe nucléaire, débarquement d'extraterrestres, Henri Dalmand s'en contrefout.

Il a éteint son téléphone, débranché l'interphone, coupé la sonnette de la porte d'entrée. Disposé sur une assiette du saucisson sec, un morceau de camembert, du beurre et des cornichons. Tranché un quignon de pain. Versé un petit verre de ce Côte du Rhône sans prétention acheté à l'épicerie du coin. Enfoncé ses pieds dans ses chaussettes préférées, ses épaules dans une veste molletonnée, ses jambes dans un pantalon de jogging trop large. Tiré les rideaux et laissé infuser en lui l'agréable sensation de faire l'école buissonnière.

Combien de fois avec François avaient-ils bifurqué du chemin de l'école, répondant à l'appel d'une météo engageante, d'une végétation mystérieuse, d'une sauterelle bondissante ? Combien d'après-midi passées à faire des ricochets dans la rivière, du vélo à travers les champs, des parties de cartes planqués dans les ruines du vieux château ? Combien d'heures à rêver, un brin d'herbe au coin du bec, les bras en épingle sous la nuque, du soleil plein la figure ?

La nostalgie l'envahit. Bon Dieu, c'est passé si vite. Un clignement de cils, et bim, soixante-douze berges. Le temps file pire qu'un TGV. Et jamais en grève, contrairement à la SNCF.

Quand il était gosse, tous les vieux serinaient leur rengaine, profite mon petit, ce qui est pris n'est plus à prendre, rien ne dure, le pire comme le meilleur. Henri a bien appliqué les conseils : ça pour profiter, il en a profité. Tellement profité qu'à présent, il ne peut plus voir le monde en peinture, l'époque l'agresse et la planète est peuplée d'imbéciles, vivement qu'il la quitte.

En attendant, il s'accorde un répit. S'affranchir des contraintes, sentir que la Terre tourne avec ou sans vous, voilà le vrai luxe. L'autre luxe, celui des palaces, des étoilés, des yachts, des nymphettes en maillot échancrés et seins siliconés, des villas à Monaco, des hélicoptères et des bouteilles de champagne hors de prix, c'est du pipi de chat en comparaison.

Henri Dalmand sait de quoi il parle, il y a goûté. Et il en est revenu. Aucun caviar, aussi rare et coûteux soit-il, ne remplacera jamais ce bout de sauciflard grignoté tranquille pépère en pyjama dans son canapé. Et ce Côte du Rhône à 5 balles vaut bien un Pomerol à 3000, sous réserve qu'on vous laisse le déguster en paix.

La paix, justement. Après des années à brûler la chandelle par les deux bouts et à expérimenter en long en large et en travers tous les excès qu'autorise une longue et lucrative célébrité, Henri désire plus que tout qu'on la lui foute, la paix. Jouir de sa solitude, à l'écart des emmerdes et du bruit du monde.

Il trempe ses lèvres dans le verre. Aspire une gorgée qu'il fait rouler sous son palais. Avale. Hum, quel bonheur que ce petit rouge et ce moment arraché aux autres, comme un cadeau à soi-même.

Il zappe à l'aide de la télécommande jusqu'à tomber sur une rediffusion des *Tontons flingueurs*. Le film a commencé il y a plus de trois quart d'heure. Pas grave, Henri le connaît par cœur. Il se surprend à réciter les dialogues en même temps que les acteurs. Ah, Audiard, voilà un type qui savait manier la langue. Et Lino Ventura, Bernard Blier, Jean Lefebvre, Francis Blanche, quelle classe, quelle envergure, quelle diction ! Pas comme ces pseudos comédiens d'aujourd'hui incapables d'aligner trois mots compréhensibles. À croire qu'ils sont nés avec une patate dans la bouche !

Enfin, c'est comme ça, soupire-t-il, laissant sa morgue de côté pour savourer le film en noir et blanc et sa charcuterie.

Il a découvert les dialogues d'Audiard à l'adolescence, dans le cinéma du coin. C'est son ami qui les lui a fait connaître. Il faut dire que le père de François était projectionniste, ça aide pour le cinéma. François et Henri rejouaient les scènes ensemble, ils se donnaient des airs gouailleurs, ça les faisait marrer autant que le petit public devant lequel ils avaient commencé à se produire, après le succès de leur prestation au spectacle de la Maison de la Jeunesse.

Comme le public s'élargissait sous le préau du collège (du moins les jours où ils ne séchaient pas les cours), les deux adolescents ont commencé à développer des ambitions. Enfin, surtout François, qui a décelé le potentiel comique de son compagnon et le plaisir manifeste que ce dernier éprouvait à faire rire. Il est vrai qu'Henri, qui avait toujours fait rire à ses dépens, trouvait une grande jubilation à déclencher le rire selon son propre rythme et son propre cahier des charges.

François le poussait, allez mon vieux (il l'appelait vraiment mon vieux, à l'époque, ce qui, à présent qu'ils sont vraiment vieux, arrache un sourire mélancolique à Henri), t'es fait pour ça, ils ne rigolent pas parce que t'es gros et que tu transpires, ils rigolent parce que tu es drôle et que tu les rends heureux, tu saisis la différence ou t'es trop con ?

À quinze ans, sans rien dire à personne, les deux acolytes ont pris la poudre d'escampette en mobylette, direction Paris et ses cafés théâtre. Henri est revenu de l'escapade avec une vocation de saltimbanque chevillée au corps, François avec des envies de réussite décuplée. Chacun a trouvé à Paris de quoi nourrir assez de rêves pour une existence entière. De retour à la Ferté, ils ont pris chacun une paire de baffes.

Henri s'est souvent demandé ce qu'il serait devenu si François n'avait pas toqué à sa porte ce matin-là, dans la maison familiale de la Ferté, pour participer au spectacle de la MJC. Si François avait préféré le football, à l'instar des autres garçons du village.

Peut-être qu'Henri aurait été mécanicien, comme son père. Ou vendeur itinérant d'aspirateurs, comme son oncle. Ou inspecteur des impôts.

Ça devient quoi, un petit gros asthmatique qui transpire ?

Ça devient vache et idiot, réplique Henri à lui-même. Ça se venge des moqueries et ça fait payer à tout le monde la méchanceté crasse de quelques-uns.

Cela dit, peut-être que ça se marie, un petit gros asthmatique qui transpire. Que ça a des enfants, un chien et même des petits-enfants. Quel genre de grand-père aurait-il été, Henri Dalmand, si c'était lui qu'elle avait choisi ? Aurait-il été un papi gâteau, toujours prêt à jouer, à taquiner et à partager du temps avec les petits ? à leur montrer d'imparables techniques de ricochets, à leur enseigner comment siffler dans les brins d'herbe, à leur cuisiner du poulet aux cèpes ? Ou, au contraire, aurait-il fait exprès de se carapater avec son épouse en plein milieu des vacances scolaires pour ne pas avoir à les garder ? Se seraient-ils enfuis en catimini pour se payer une sorte d'école buissonnière de retraités ? À quoi aurait ressemblé sa vie si… ?

Il se lève. Prend une clope. L'allume. Se rassoit. Savoure. Personne pour lui rappeler qu'on ne fume pas en intérieur, pour lui commander d'aérer, pour lui ordonner de soulever la lunette des toilettes et d'essuyer ses pieds sur le paillasson. Pas un clébard qui réclame d'aller pisser. Y a pas à dire, songe-t-il tandis qu'il écrase son mégot dans un cendrier piqué il y a belle lurette au Grand Hôtel de Cannes, la tranquillité, c'est la belle vie. Sans amours, sans soucis, sans problèmes.

Sans rien.

Qu'il profite, ça ne va pas durer.

– 30 –

Celle qui sort l'artillerie lourde

— Qu'est-ce que ce sera pour vous, Mademoiselle ?

Un café ? Non, son cœur, en proie à des crises de palpitations depuis cinq heures du matin, pourrait bondir hors de sa poitrine.

Un thé ? Idem, la théine, pas bon pour ce qu'elle traverse.

Un jus d'orange ? Sucre + vitamines = combo atomique dans son état.

Un verre d'eau ? Le serveur lui demanderait de déguerpir, interdit de consommer gratis.

— Alors ?

Un soda : trop sucré.

Un soda sans sucres : trop chimique.

Une bière : trop tôt.

— Bon, alors ?

— Une tisane.

—
Camomilleverveinethymmenthedoucementhegivréeging embrehibiscusmielcannelle ?

Entre les percolateurs de la machine à café, les cuillères contre la faïence des tasses et les discussions animées au comptoir, Lucile n'a rien entendu. D'autant qu'ayant gardé son bonnet sur la tête, discrétion oblige puisqu'elle est en opération commando, la laine lui couvre les oreilles et filtre les bruits alentour.

— Très bien, répond-elle, ailleurs.

Le serveur circonflexe un sourcil tandis que Lucile se replonge dans son smartphone. Elle constate, effarée, le nombre de reprises dont son post a déjà fait l'objet. En trois heures, il a déjà été partagé plus de 2 000 fois malgré l'heure matinale. Et le compteur n'en finit pas de s'affoler. Elle ne s'attendait pas à ce que les chiffres grimpent à une telle vitesse et à ce que sa publication devienne si rapidement virale. Plus précisément, elle l'espérait autant qu'elle le redoutait. Comme une enfant qui prévoit de commettre une bêtise et espère secrètement que quelque chose l'en empêchera au dernier moment.

D'ailleurs, pour une bêtise, c'est une sacrée grosse bêtise. Heureusement qu'elle a pris soin de créer un nouveau compte pour l'occasion, de se servir d'un vieux téléphone acheté sur le Bon Coin et d'utiliser un réseau wifi publique afin d'éviter que la police ne remonte à elle.

Dire qu'il n'y a pas si longtemps, elle n'était qu'une petite vendeuse volante à la vie raplapla bien (trop) rodée, déprimée, mal dans ses baskets, honnissant Noël, désespérée à l'idée que son ex futur mari et que son ex meilleure amie se multiplient, triste comme un caillou de voir son meilleur ami s'exiler à Tours. En moins d'un mois, grâce aux prédictions d'une boule en plastique, elle est passée de célibataire plombante à falsificatrice professionnelle. Une sorte d'agent secret qui travaillerait pour ses propres intérêts. Une Mata Hari sous couverture.

Si quelqu'un lui avait raconté qu'elle se rendrait coupable d'un coup de bluff aussi risqué, elle ne l'aurait pas cru. Jusque-là, l'audace n'a jamais constitué un trait saillant de sa personnalité. Elle ne se reconnaît pas. Cela dit, d'après l'article du site *Happy Psy*, « les difficultés nous révèlent à nous-même et, acculés, on trouve des ressources qu'on ignorait posséder. » Sûrement vrai, puisque *Happy Psy* le dit.

Elle n'a pas eu le choix. À vingt-quatre heures de la dédicace, il fallait bien sortir l'artillerie lourde.

Le serveur dispose sur la table la coupelle en plastique contenant l'addition pliée en deux, un pot d'eau chaude, une tasse vide ainsi qu'une boîte à compartiments pleine de sachets multicolores.

— Je vous laisse choisir, c'est plus simple, annonce-t-il, courtois sans plus.

Préoccupée, les yeux rivés aux nombres croissants des reposts, Lucile pioche une tisane au hasard. Tout en plongeant machinalement le sachet dans l'eau brûlante, elle prend le vieux Nokia qu'elle trimballe dorénavant dans son sac et compose le numéro de téléphone du magasin, en prenant soin, comme toujours, de faire précéder le sien de #31# (une technique de camouflage qu'elle effectue désormais machinalement), avant d'aborder le serveur.

— Vous auriez une serviette en papier ?

Sans se départir de l'affabilité caractéristique des serveurs parisiens, le type jette un tas d'essuie-tout chiffonnés sur la table. Elle en couvre le combiné et porte le smartphone à son oreille.

— Allo ? Je voudrais parler au secrétariat du directeur. Madame (coup d'œil à l'écran suspendu au-dessus du zinc qui diffuse une publicité) Ferrero. Voilà, comme les chocolats. Oui, c'est personnel. Oui, c'est important. Oui, je patiente…

Une version boîte à musique de *All I want for Christmas* s'enclenche pendant que Lucile voit son appel transférer du standard du magasin jusqu'au secrétariat de direction.

— Direction des Grandes Galeries, bonjour.

Sous les regards circonspects du serveur, elle mue sa voix douce en inflexion de baryton et, s'adressant à la secrétaire, se fait passer pour une maman inquiète à l'idée d'emmener ses triplés dans un coupe-gorge, à en croire l'alerte à la bombe qui circule sur Internet en prévision de la venue d'Henri Dalmand, demain.

— Une alerte à la bombe ? Vraiment ? s'alarme la secrétaire.

Sitôt après avoir raccroché, Lucile remplace la carte SIM par une autre et compose le numéro des éditions Madral. Elle endosse cette fois le rôle d'une grande fan de Dalmand, inquiète de voir sa star potentiellement victime d'un attentat.

Voilà, se dit-elle, encore tremblante de sa mission. Ne reste plus qu'à laisser mijoter. Instiller de l'angoisse de part et d'autre. D'un côté, décourager les Grandes Galeries de recevoir Henri Dalmand, de l'autre dissuader la maison d'édition d'envoyer Henri Dalmand dans un lieu où sa sécurité ne saurait être assurée.

Sauver du même coup sa relation avec Jérémy et les rêves des enfants cachés dans des costumes d'adultes.

Machiavélique.

– 31 –
Celui qui souffre

Toc toc toc.

Damien retire ses lunettes loupe et lève la tête de la lampe qu'il est en train de démonter. Il est par terre. L'appartement est vide, les meubles sont déjà partis à Tours. Ne reste que le strict nécessaire et les bibelots amoncelés dans les cartons qu'il n'est pas certain de vouloir garder.

De nouveau, toc toc toc. Puis :

— T'ouvres pas parce que t'es tout nu ou parce que t'es accompagné ?

Un sourire involontaire étire ses lèvres.

Il gagne la porte d'entrée. L'ouvre sur Lucile, en jean, manteau et bonnet. Elle tient un sac en papier qui diffuse une bonne odeur de quiches tièdes. À son épaule pend un sac de voyage.

— Tu ne passes pas la soirée avec ton panda ? s'étonne Damien en se grattant la tête.

— Il avait rendez-vous dans une bambouseraie. Et puis…

Elle désigne l'amoncellement de cartons contre le mur.

—… J'ai pensé que mon meilleur ami aurait besoin d'un peu d'aide pour terminer d'emballer.

Une lame en plein cœur, à chaque fois qu'elle le désigne comme son meilleur ami.

— Je n'ai jamais eu besoin d'aide pour emballer qui que ce soit, blague-t-il, camouflant la déchirure derrière un sourire de façade.

Sans se douter de la tendre blessure qu'elle provoque, Lucile entre. Elle dépose gentiment les quiches dans les bras de Damien, ôte ses baskets sans se baisser et plonge sa main dans un carton. Elle en retire un verre posé à même le fond, sans la moindre protection et, affichant, une mine consternée :

— Sauf que, Casanova, t'as oublié le papier bulle sur ce coup-là.

Sur ces paroles, elle dézippe son sac de voyage et extirpe un grand rouleau, le visage tartiné de fierté, avant de se mettre à genoux près des cartons.

— Heureusement que Tata Lucile veille au grain.

Elle ne pourra pas s'empêcher d'éclater les bulles, songe le jeune homme, entre amusement et mélancolie.

De fait, en chaussettes au milieu de son salon, Lucile éclate les bulles d'une pression entre le pouce et l'index, clac clac clac, c'est plus fort qu'elle. Et elle rit.

— Fais pas la tête, y en a dix mètres. Largement assez pour deux, s'écrie-t-elle avec une joie enfantine. Tiens.

Elle lui tend un bout du rouleau. Assis à côté d'elle, il éclate les bulles à son tour en observant la jeune femme du coin de l'œil. Il se dit qu'il pourrait la regarder des heures éclater des bulles, tout comme il pourrait respirer son odeur et écouter la mélodie de son rire durant des siècles sans jamais se lasser.

Il aime : sa spontanéité, son sourire, sa gentillesse, sa douceur, sa compassion, son écoute, sa haine de l'injustice, ses manières d'ado en colère quand elle évoque ses parents, la couleur de ses joues, la texture de sa peau, son indécision, la forme de ses doigts, la petite moustache de lait qui imprime sa bouche à chaque gorgée de cappuccino. Tout.

Oui mais.

Depuis qu'elle a rencontré ce Jérémy dont Damien ignore presque tout, Lucile a gagné une confiance qui la rend encore plus belle et plus émouvante. Elle resplendit. Une partie de Damien est reconnaissant envers ce jeune homme d'être capable de rendre Lucile heureuse. L'autre ignore quoi faire de cet amour qui le consume.

La nuit s'avance. Lucile s'est endormie sur le canapé qu'il ne gardera pas. Elle ronfle, les genoux remontés le long de son buste, une mèche de cheveux sur sa joue rose. Une de ses mains traîne sur le sol, l'autre est sous sa joue.

Plus tôt, ils ont mangé sur un carton, des sopalins en guise d'assiettes. Ils ont joué au Uno, à la Crapette et à un autre jeu de cartes dont ils modifient les règles à chaque fois, de sorte qu'ils ne peuvent y jouer qu'ensemble puisque personne n'y comprendrait rien.

Ils ont enveloppé des trucs en se remémorant des souvenirs communs, là la peluche qu'elle avait gagnée pour lui au stand de tir de la Foire du Trône, ici l'affreux plateau de fromages qu'elle lui avait offert pour le Noël surprise des Grandes Galeries au cours duquel elle avait tiré son prénom au hasard.

Remballée la paire de rollers qu'ils avaient achetée ensemble et qui n'avait servi qu'une fois.

Remballé l'album photo intitulé *Damien, le roi des Grandes Galeries* qu'elle avait réalisé à l'occasion de son trente-deuxième anniversaire et dans lequel elle avait rassemblé des clichés pris à l'insu du jeune homme en plein boulot, la tête dans ses lampes.

Remballé le tee-shirt qu'elle avait floquée d'une ampoule et de l'inscription : « Je suis la lumière de ma meilleure pote. »

Remballé le porte-clé laser dont elle possède l'exact exemplaire depuis leurs douze ans et dont l'utilisation conjointe a failli rendre fou Micha plus d'une fois.

— Ça commence à sentir fort la nostalgie par ici, il a dit d'une voix aussi neutre que possible.

Elle a confirmé d'une intonation suave de publicité.

— Nostalgie, le nouveau parfum Dior.

Pour éviter que l'ambiance vire au maussade, ils sont sortis profiter de la neige avant que la vie la change en bouillasse. Sont rentrés frigorifiés, évidemment. Elle a éternué ses merveilleux et poignants éternuements. Tandis qu'il se changeait, elle est allée prendre une douche pour se réchauffer, elle est sortie de la salle de bain avec les cheveux humides, un long tee-shirt à lui flanqué de la bouche des Rolling Stones sur le dos (acheté ensemble lors d'un week-end à Londres) et des chaussettes en polaire (qu'elle lui avait offertes un jour où il s'était enrhumé). Ils ont bu, Téquila Paf, citron-sel, couplé à un jeu de la chanson dont le but est de faire deviner à l'autre la musique à laquelle on pense.

Un peu ivres, ils ont discuté du boulot, des mimiques de Charles, des rumeurs de relation entre Murielle et Fabrice, de la dédicace de Dalmand dont on ignorait alors si elle pourrait être maintenue en raison des menaces d'attentats qui pesaient sur le magasin, ils se sont assoupis devant *Titanic*, sa tête à elle sur son épaule à lui, le souffle de leur respiration mêlé. Il s'est levé discrètement pour ne pas l'éveiller, a soulevé sa nuque pour y couler un oreiller, l'a recouverte d'un plaid.

L'a regardée dormir.

A failli remettre en place la mèche de ses cheveux. S'est ravisé.

A commencé à lui écrire une lettre dans laquelle il lui disait qu'il l'aime depuis leur première rencontre. Qu'elle est la lumière qui éclaire son existence et qu'il patauge dans un monde d'ombres quand elle n'est pas là.

Il s'est relu, a trouvé ses mots vains et idiots, son écriture moche, n'est pas Rimbaud qui veut. Et puis de quel droit briserait-il le bonheur tout neuf de Lucile avec ce Jérémy ? Il a chiffonné ses phrases, en a façonné une boule serrée de chagrin et hop, poubelle, la lettre avec son amour dedans.

La nuit, donc, s'avance. Et Damien voudrait déjà être parti.

– 32 –

Celui qui projetait une demande en mariage

— Mini burger de tofu et cornet de chips de peau de bar, annonce le serveur de la brasserie haut de gamme d'un ton solennel.

Henri lorgne sur l'assiette, moyennement impressionné par les deux amuse-bouche qui s'y battent en duel. Il déporte son regard sur le serveur guindé qui attend l'approbation.

— En voilà un qui doit pas péter souvent, grommelle-t-il.

L'autre écarquille ses yeux en fronçant les sourcils.

— Plaît-il ?

— En voilà qui ne doit pas manger souvent, intervient François. C'est ce qu'a dit mon ami. Mangé, il a dit. Parce qu'il a remarqué que vous tenez la ligne. Vous faites sans doute du sport régulièrement ?

Le serveur se redresse, flatté.

— On essaie, admet-il dans une posture de héron. Bonne dégustation, Messieurs.

Le serveur parti, François se penche vers Henri.

— On entend tout ce que tu dis. J'en ai marre de te sauver les miches.

— Ah oui ? réplique distraitement Henri, tandis qu'il attrape un morceau de peau de bar entre ses doigts, la mine dégoûtée.

Puis, tout fort :

— Des chips de peau de morue ! Z'avaient pas des chips de patates, plutôt ?

Des regards outrés lorgnent dans leur direction.

— Ton zinzin ! s'exclame François à voix basse, s'efforçant de rester calme malgré la gêne et la tempête.

— Mon zizi ?

— Non ! Ton zin-zin ! insiste-t-il en désignant sa propre oreille. J'espère que tu as commandé un autre sonotone au Père Noël. Allez, tais-toi et bois un coup, ça vaut mieux. Gewurztraminer vendange tardive. Une petite merveille.

L'éditeur lève son verre.

— À la tienne, vieux couillon ! Longue vie à Pandadi et aux éditions Madral !

Les lèvres d'Henri grimacent un rictus las. Ses mains soulèvent le verre. Dans le liquide jaune flotte la tête de François, énorme et déformée par le jeu d'une illusion d'optique.

— T'as une grosse tête, mon ami.

— Et toi, t'as une grande gueule. Mais je t'aime.

Les tables nappées de blanc se reflètent dans les grands miroirs encadrés de bois doré. Les serveurs en noir et blanc serpentent d'un client à l'autre dans un brouhaha de couverts et de voix. Plus rococo tu meurs, songe Henri en croquant dans sa chips de peau. Beurk, une texture de vent et un goût de marée. Il donnerait cher pour retrouver sa terrine forestière et sa télé.

— Tout se passe bien, Messieurs ? interroge le serveur en s'adressant uniquement à François Madral, poitrine bombée sur estomac rentré.

— Très bien, répond ce dernier.

— Si on excepte la peau de cul de poisson, ça roule, bougonne Henri.

— Plaît-il ?

— Ça a l'air de me plaire ? Eh ben…, dit Henri à François en désignant le serveur du menton. On n'a pas affaire au couteau le plus aiguisé du tiroir. Ils ont un quota Cotorep ici ?

— Euh, je vous entends…

— Faites pas attention, il est en permission, louvoie François entre ses dents. Je le ramène à la clinique juste après.

Dans le même temps, il se tape l'oreille avec un index furieux et porte sur Henri le regard d'un père sur le point de passer un savon à son fils.

— C'est sûr que pour bouffer un burger au tofu, grince néanmoins Henri, faut en avoir un coup dans la cafetière. M'enfin bon, paraît que faut vivre avec son temps.

François adresse au serveur une moue harassée :

— Vous voulez bien nous apporter la suite du repas, s'il-vous-plaît ?

— Tout de suite, Monsieur, répond l'employé d'un petit air de désolation complice.

À cet instant, un vendeur de roses s'engage dans la porte tambour et pénètre dans l'établissement. Les bras encombrés par la centaine de fleurs rouges, le type à la chemise blanche circule dans le restaurant, s'attardant sur les clients qu'il suppose en couples. À la manière d'une boule de flipper, il rebondit d'une table à l'autre, buste penché sur les dames, regard incitateur sur les messieurs.

Tout à coup, retentissent les premières notes de *Somethin' stupid* de Franck Sinatra. De part et d'autre, les conversations s'estompent d'étonnement, les fronts se hissent à la recherche de l'enceinte responsable du surgissement musical, en réalité planquée sous les roses.

C'est alors qu'un mouvement s'amorce. Un jeune homme vient d'acheter l'ensemble des roses. L'enceinte et les fleurs ont été posées sur la table. Le jeune homme a rangé son portefeuille, sorti une petite boîte de sa poche et mit un genou à terre.

La jeune femme qui l'accompagne a porté la main à ses lèvres. La question s'est insinuée entre la musique et les voix.

Tout le monde est suspendu à la réponse.

Enfin, presque tout le monde.

Henri blatère bruyamment, façon chameau de compétition. Il lève les yeux vers le plafonnier en cristal. Quand il les fait retomber, il croise le regard menaçant de son meilleur ami.

— Pas maintenant, le prévient François à voix basse en roulant des gros yeux.

Henri a l'impression que c'était il y a un siècle. Ou avant-hier, tant le souvenir est vif. Il se revoit, penché sur la rambarde de sa terrasse, observant le soleil décliner sur les bâtiments environnants. Il se souvient d'une lumière magnifique, d'un ciel incandescent. Les rayons orange se reflétaient sur les vitres d'en face, tandis que la circulation chantait sa rumeur lointaine. D'un des appartements des étages inférieurs s'élevait une odeur de nourriture.

Il se revoit regarder l'heure.

S'entend noter qu'il a encore une petite heure à tuer avant de retrouver la femme de sa vie.

Il se revoit se servir un whisky. Un, deux, trois glaçons. Il se revoit les faire tourner un peu, juste pour le plaisir d'entendre les cliquetis de la glace contre la paroi du verre. Se revoit enclencher la chaîne hifi et regagner ensuite sa terrasse où il a bu à petites lampées.

I know I stand in line
Until you think you have the time

To spend an evening with me

Quand il avait besoin de rassembler son courage, c'est toujours Franck Sinatra qu'il convoquait. Ce chanteur opérait sur lui un effet galvanisant. Son premier spectacle à la MJC, son premier show à Paris, sa première audition, sa première télé, Sinatra avait été le remède à son anxiété. Aucun trac n'avait jamais résisté à une chanson de Sinatra. Dès qu'il entendait sa voix de crooner, le prenait une irrépressible envie de bouger les jambes, le buste. L'impression d'évoluer dans une comédie musicale le tenait éloigné de ses angoisses.

And then I go and spoil it all
By saying somethin' stupid like "I love you"

Hop hop. Ce soir-là, comme à chaque fois qu'il en ressentait le besoin, l'effet Sinatra s'était diffusé en lui. Il se revoit au milieu du salon, sautiller ses habituels pas de danse, un pas de bourré à droite, mambo en avant, mambo en arrière, une main sur le ventre, l'autre hissant le verre.

Hop hop.

Il sent la fumée du cigarillo qu'il s'était accordé sur la terrasse, comme pour ralentir le temps tandis que Sinatra poursuivait son concert dans le salon. Revoit la fumée qui dansait en direction de la Butte Montmartre, en face. La Tour Eiffel magnifique dans ce crépuscule d'hiver. Cette incroyable vue sur Paris, jamais plus époustouflante que ce soir-là. Le début d'une vie nouvelle à l'horizon. Lui revient cette pensée qui depuis l'a quitté : la plus belle ville du monde est comme une femme pudique, elle ne se découvre qu'à son coucher.

Du fond de sa mémoire, la sonnerie du téléphone éclate.

À quatre années de là, ses sourcils se crispent le temps de reconnaître la voix abîmée de sanglots. Il entend, plongé dans ses souvenirs, le reste de glaçons trembler dans le verre. Revoit la cendre tomber sur le tapis tandis qu'aucune volonté ne le porte à éviter le désastre d'une brûlure dans la carpette.

Il sent, comme alors, le poids de son corps sur ses genoux quand quelque chose, le choc sûrement, l'assoit malgré lui. Après, rien, c'est le trou noir dans son esprit.

Il se souvient qu'il faisait nuit quand sa conscience avait émergé. Il se remémore qu'à voir la mélasse de son verre, le mégot entre ses doigts et le petit tas de cendres sur le tapis, il avait compris qu'il était resté longtemps sans bouger, le téléphone à la tonalité rectiligne dans la main.

Depuis, il a horreur de Sinatra.

— Tout ce que je dis, c'est qu'un mariage sur deux se termine en divorce, lâche Henri à voix si haute que sa réflexion provoque derechef des retroussements de museaux à la ronde.

François Madral, qui ne sait plus où se mettre, soupire en lâchant des sourires contrits aux convives indignés.

— Bah quoi, c'est statistique. Et puis ça fait une chance sur deux que ça fonctionne. Franchement, elle pourrait trouver mieux. Elle est pas canon mais elle est pas mal. Alors que lui… Pfff, qu'est-ce que c'est m'as-tu-vu ! Il aurait pu se contenter d'une petite demande tranquille sans emmerder le monde. Mais non, faut qu'il nous en fasse profiter ! Une génération de crétins. Tout tourne autour. Et pourquoi pas un feu d'artifice tant qu'on y est. Heureusement qu'on lui a pas demandé d'organiser le jubilé de la reine d'Angleterre. Qu'est-ce qu'il nous aurait pas pondu ? Tu veux que je te dise, ajoute Henri en mâchant la dernière bouchée de son plat, le type, là, s'il en fait des caisses, c'est qu'il a un truc à se reprocher. Ou alors une petite bite à compenser.

Si les remarques acerbes gâchent le spectacle des spectateurs les plus proches de la table de l'auteur et de l'éditeur, elles ne semblent pas entamer la bulle de bonheur des amoureux.

— Et sinon, y a moyen qu'on nous serve la suite ou faut qu'on crève de faim en attendant que la petite ait la gentillesse de se décider ? a demandé Henri au serveur statufié derrière son chariot à roulettes sur lequel tiédit une sélection de pâtisseries.

Le chariot se met en branle dans un léger couinement, déclenchant la réponse de la jeune fille qui lance un tonitruant « Oui » et s'élance au cou de son fiancé, sous les applaudissements.

Sinatra se tait. C'est toujours ça de pris.

— Bah tiens, donnez-moi un divorcé, c'est de circonstance.

Le serveur s'exécute, exprimant son animosité à l'encontre du vieux ronchon par le truchement d'un gâteau jeté sans ménagement dans l'assiette à dessert. Reprenant un ton accommodant, il s'enquiert ensuite du choix de François. L'éditeur oppose un geste de refus poli. Sitôt le garçon et son chariot partis, la bouche de François prend des airs de reproches.

— Henri, merde à la fin, qu'est-ce qui cloche avec toi ? T'es pas obligé de tout gâcher tout le temps.

— Je gâche rien, réplique l'auteur, la bouche pleine, je fais oeuvre de lucidité. Ça te ferait pas de mal d'en faire autant.

— Permets-moi de te dire que ta lucidité, elle m'empapaoute.

Henri hausse les épaules. Il s'en tamponne le coquillard, il mange.

Quand, tout à coup :

— Vous êtes bien Monsieur Dalmand ? Je suis tellement fan ! Tellement ! Je me demande depuis tout à l'heure… Je n'étais pas sûre… Vous savez, j'ai passé toute mon enfance à vous regarder à la télévision et maintenant que je suis enseignante, je me sers des histoires de

Pandadi pour intéresser mes élèves à la lecture. Ils adorent vos livres.

La jeune femme à frange est restée à quelques encablures de leur table. La timidité rend son débit de paroles particulièrement rapide. Elle se fait visiblement violence.

Mais Henri ne répond pas, il mange.

— Si, un jour, vous aviez la possibilité de venir dans ma classe présenter votre travail, ce serait un grand honneur de vous recevoir, bégaie encore la jeune femme, les épaules voûtées à présent.

Ce qu'Henri ne voit pas, bien sûr, puisqu'il mange.

— Vous voir là, comme ça, devant moi… Aujourd'hui c'est mon anniversaire alors, vous voyez, c'est comme un cadeau.

Henri achève son gâteau. Tamponne sa serviette sur sa bouche. S'étire en arrière, une main sur le ventre.

— Le reste de bouffe est dégueulasse mais leurs pâtisseries sont pas si mal, déclare-t-il à Henri comme si la jeune femme n'était pas là.

Complètement décontenancée, elle mord l'intérieur de sa joue.

— Si jamais l'envie de venir en classe vous dit, hasarde-t-elle une dernière fois en posant sur le côté un bout de papier sur lequel figure un numéro de téléphone à l'écriture soignée.

— Henri, intercède l'éditeur en posant la main sur son bras.

— Quoi donc ?

François roule des yeux en désignant l'enseignante.

— Je crois que Mademoiselle te parle.

Irrité, Henri s'empare du bout de papier, le met en boule entre ses doigts. Et rien.

Cette fois, le pied de François s'élance à la rencontre du tibia de l'auteur, accompagné d'un regard qui en dit long.

— Oui, bon ça va, grogne Henri avant de pivoter vers la jeune femme. Quel âge, vos chiards ?

— CE2, bredouille l'enseignante. Entre sept et huit ans.

— Alors non merci.

— Ah… Bon, d'accord. Je pensais que… Mais d'accord, je comprends… Je vais vous laisser finir de manger du coup.

— Bah oui, du coup, faites ça, réplique Henri dans un sourire où ne perce aucune sollicitude.

Vexée, la maîtresse d'école tourne son désappointement vers l'éditeur à qui elle bredouille un : « Au-revoir, Monsieur » plein de graviers.

— Au-revoir, Mademoiselle. Merci pour votre intérêt. À bientôt ! s'exclame François comme si l'échange s'était déroulé du mieux possible.

— Tu surjoues, Alain Deloin, ironise Henri en claquant des doigts pour obtenir deux cafés. Heureusement que tu t'es pas lancé dans le cinoche.

— Je compense ta mauvaise éducation d'ours mal léché. Si après ton sale comportement, la pauvrette accepte de se replonger dans un Pandadi, je veux bien me couper un bras.

— Une de perdue, dix de retrouvée.

— Regarde, comme ils sont heureux, s'émeut l'éditeur en revenant sur les deux tourtereaux alors que le serveur dépose deux expressos.

Les fiancés ne se lâchent pas des yeux, les doigts entremêlés sur la nappe jonchée de pétales de roses.

— Ça me rappelle quand j'ai demandé Brigitte en mariage. Au restaurant, comme eux. On était si jeunes, elle et moi. Alors ça me rend toute chose. Ça ne te bouleverse pas, toi, de voir des gens heureux ?

— Non.

— Je t'ai connu plus jovial.

— Je t'ai connu plus jeune mais j'en fais pas un fromage, riposte Henri.

— Des fois je me demande pourquoi je reste ton ami.

— Parce que t'en as l'habitude, mon petit père.

— Méfie-toi des habitudes, lâche François en reposant sa tasse vide. Il arrive qu'on les envoie valser sur un coup de tête.

Pressé d'en finir avec cette soirée sans saveur, Henri demande l'addition, abandonne une dizaine de billets sur le comptoir et sort. Une immense fatigue leste ses épaules. Il est à peine vingt heures pourtant.

Il se raidit au contact du froid. Le col de son manteau engloutit son menton. Le repas lui a laissé un goût âcre au fond du palais, de même que la voix de Sinatra.

— On marche un peu, histoire de profiter du ciel étoilé ? propose François très fort pour couvrir le vacarme d'une ambulance.

Henri louche vers le ciel, pas convaincu. Davantage que les étoiles, lui voit surtout les nuages épais qui flottent comme des épaves. Il s'est coltiné suffisamment d'abrutis pour aujourd'hui. En plus, les rues sont dégueulasses, y a que des émissions pourries à la télé et des téléfilms à la con, les tomates n'ont plus de goût, la brasserie a baissé en qualité, impossible de manger tranquille sans qu'on vienne vous emmerder.

— J'en ai plein le dos, résume-t-il en hélant un taxi. Je vais me pieuter.

François incruste son visage dans l'ouverture de la portière.

— Alors, qu'est-ce que tu veux faire pour ta dédicace de demain aux Grandes Galeries ? On maintient ou on annule ? C'est toi qui choisis.

Henri grogne une réponse, claque la portière et se laisse emporter par le taxi.

– 33 –

Celui qui reçoit un mail

Damien discerne un ronflement ténu, régulier. Lucile dort.

À 02h24 exactement, leurs téléphones tintent, synchrones. Une notification. La survenue d'un mail. Emportée dans ses songes, Lucile ne moufte pas.

De : charles.barbier@grandes-galeries.com

À : l'ensemble des personnels.

Objet : Dédicace d'Henri Dalmand : youpi

Corps du message :

Cher(e)s collaborateurs(trices),

J'ai la joie immense de vous annoncer que notre évènement de demain après-midi est maintenu. La décision a été prise en accord avec les services de police, les éditions Madral ainsi que Monsieur Dalmand.

Les investigations ont démontré qu'il ne s'agissait que d'un gag malveillant, aucune menace réelle et sérieuse n'ayant été caractérisée à l'issue de l'enquête. Des forces de police seront toutefois déployées aux abords du magasin afin d'assurer la protection de Monsieur Dalmand et de nos personnels. Soyez assurés que tout est fait pour nous permettre de vivre ce grand moment en toute sécurité.

Je sais que vous avez mis tout votre cœur à la préparation de cette dédicace tant attendue. Comme vous, je me réjouis de recevoir cette immense personnalité, qui réunit si bien toutes les générations autour des valeurs de partage et de bienveillance. La venue de Monsieur Dalmand constitue le point d'orgue des fêtes de fin d'année aux Grandes Galeries, fleuron de notre belle capitale.

À vous tous qui êtes l'âme des Grandes Galeries, à demain, en forme et ensoleillés !

Charles Barbier, Directeur général des Grandes Galeries – Paris

Lucile expire. Ses paupières s'entrouvrent sur ses yeux verts, floutés par les rêves et l'alcool.

— Charles est tout feux tout flammes, annonce Damien en constatant qu'elle vient de se réveiller. Ce sera chouette, il y aura du monde. Et puis ça va être sympa de le rencontrer en vrai. C'est comme si on retournait des années en arrière.

Lucile blêmit.

— C'est une catastrophe, Dalmand n'est pas du tout celui que tu crois…

– 34 –
Celui qui prend une décision

— C'est un sale type…, complète Lucile.

Un sale type ? Damien, qui ne comprend rien, lui oppose qu'Henri Dalmand, ça ramène à l'enfance, c'est l'esprit de Noël puissance mille.

Elle réplique, lèvres pincées :

— Un saumon a plus l'esprit de Noël que cet horrible bonhomme.

— Mais enfin, Lucile, c'est une des personnalités préférées des Français depuis près de trente ans. On va avoir la chance de rencontrer l'un des héros de notre enfance.

Elle riposte avec véhémence que c'est justement là que le bât blesse. Si Dalmand se pointe, alors tous ceux qui viendront à la dédicace seront déçus. Et la déception d'un enfant, même planqué dans un manteau d'adulte, c'est dégueulasse, ça devrait être interdit par la loi.

Déconcerté par la virulence inhabituelle de son amie, Damien tente de la raisonner.

— Tu ne crois pas que tu plaques ton histoire sur quelque chose qui n'a rien à voir ? Ce n'est pas parce que tu as une mauvaise expérience avec Noël que…

— Ça n'a rien à voir avec mon mariage ! Regarde, le voilà ton rêve.

Elle tend son téléphone au jeune homme. Sur l'écran s'affiche la photo prise lors de la soirée de lancement. On y voit un Henri Dalmand renfrogné et un panda.

— Je l'ai rencontré. Crois-moi, il est odieux, et pas qu'avec son staff. Il est insupportable avec tous ceux qui l'approchent. J'aurais aimé ne jamais le savoir et garder le souvenir joyeux de mes mercredis passés devant la télévision. Il a tout gâché.

Les larmes lui montent aux yeux tandis qu'elle ajoute :

— Tu dois me trouver idiote à surréagir comme ça…

Elle se mouche dans un mouchoir à l'effigie de Pandadi.

— …Je ne sais même pas pourquoi ça me contrarie à ce point-là, je sais qu'il y a plus grave dans la vie, peut-être que tu as raison et que ça a à voir avec mon mariage de Noël foireux, peut-être pas, mais ce dont je suis sûre, c'est que briser les rêves…

Damien fixe le panda. Soudain, la révélation :

— Mais c'est Pandadi, ton fameux panda ?

D'un seul coup, la colère de Lucile s'éteint. Elle se mouche une nouvelle fois et se rencogne dans le canapé, les genoux ramenés contre sa poitrine avant de confesser qu'il y a aussi un petit problème de ce côté-là.

— Je crois que je vais avoir besoin d'explication, répond Damien, complétement dépassé.

Elle hoche la tête.

— Et moi besoin de toi. Tu veux bien nous préparer un petit café, histoire de faire couler ?

— Il ne me reste plus qu'un bol, le reste est à Tours.

— On n'a qu'à partager.

Ils lapent tour à tour le café pendant que se déverse le récit rocambolesque de Lucile. La boule magique, le changement de trajet, l'arrivée inopinée à la soirée de lancement, les remarques désobligeantes de Dalmand, la rencontre avec Pandadi, la boule magique, son appel à la maison d'édition le lendemain, ce Jérémy qu'elle aime bien mais qui l'appelle Sonia, toutes les horreurs qu'il lui rapporte de Dalmand qui, sous prétexte d'un sonotone en carton, se permet de traiter tout le monde avec mépris et méchanceté (« Il a beau dos, le sonotone »), l'annonce de la dédicace aux Grandes Galeries comme un fait exprès, la boule magique, cet énorme panda lumineux qui la nargue sur le sapin (« Désolée, Dam', je dis pas ça pour toi, tu as fait un super boulot avec la décoration »), la boule magique, sa décision de faire tout ce qui est en son pouvoir pour faire capoter la dédicace pour : 1) que Jérémy ne la reconnaisse pas. 2) ne pas offrir de nouvelles victimes à l'ogre Dalmand, l'échec des plans A, B et C.

Damien avale son café de travers.

— C'était toi, l'alerte à la bombe ???

— Un peu, avoue-t-elle avec un sourire désarmant de fillette prise la main dans le pot de confiture. C'est nul, hein ?

Il hoche la tête sans opiner. C'est plus troublant que nul à vrai dire. Et plutôt inattendu de la part d'une jeune femme aussi sage.

— Te fiche pas de moi.

Il n'en a ni l'intention ni l'envie. Avec gravité, il lui demande si elle réalise qu'elle aurait pu avoir de gros problèmes avec la police. Et cette Sonia Darc ? Sait-elle que Lucile existe ? Comment réagira-t-elle si elle découvre que Lucile a pris sa place et son nom ?

Lucile baisse la tête. Fixe les chaussettes en polaire trop grandes pour elle. Puis elle pose à nouveau le regard sur son ami. Un regard humide, angoissé et implorant.

— Qu'est-ce que je fais ?

Des idées contradictoires galopent sous le crâne de Damien. Il pense à son boulot, à sa promotion, à Pandadi, aux pandas en général, aux enfants, à Noël, à son enfance, à Monsieur Sanovar, son professeur de technologie au collège, à cette lampe qui lui résiste, aux bégaiements qu'il est parvenu à éradiquer, aux bonbons qu'il achetait à la boulangerie et qu'il dévorait avec Lucile à califourchon sur le mur d'enceinte qui séparait leur maison, à l'arrivée de Lucile à Paris, hagarde, perdue, désespérée. À sa vie, devenue meilleure depuis que Lucile a posé ses valises dans la capitale. À leurs rires et leurs larmes devant *L'amour est dans le pré*. À cette joie qu'elle lui a apportée sans même s'en rendre compte.

— Il est important pour toi, ce Jérémy ?

— Je ne sais pas, admet-elle. Je sens qu'il a débloqué quelque chose en moi. C'est comme si cette histoire de mariage avec Julien m'avait déchirée en deux et que Jérémy était en train de me recoudre. Je crois à nouveau que c'est possible, tu vois ? Je ne sais pas si ça va durer longtemps mais je sais, je sens qu'il fait partie de mon chemin.

Elle soupire :

— Je me sens bête avec mes grands mots. Je me donne l'impression d'être dans *Mariés au premier regard*.

Elle est si belle. Si tout.

Il prend une longue inspiration.

— Étant donné que cette dédicace aura lieu de toute façon, je ne vois qu'une seule solution…

Lucile bascule son visage à la manière d'un chiot incertain.

— … c'est qu'elle ait lieu à notre manière. Tu as toujours le numéro de cette agence de père Noël que t'a donné Charles ?

Tant pis si cette histoire lui coûte son job. S'il peut contribuer au bonheur de Lucile en l'aidant à conserver son panda de Jérémy, ça aura valu le coup.

– 35 –
Celle qui doute (encore)

À moins de dix minutes de l'arrivée d'Henri Dalmand, Charles jauge l'installation, un décor féerique sur une estrade au milieu du rayon jouet, des pandas en peluche, trois rennes en taille réelle utilisés les années précédentes pour les photos du Père Noël. Tout semble conforme. Des piles de livres Pandadi entourent la petite table sur laquelle attendent un stylo et une bouteille d'eau, ainsi qu'un mot de bienvenue. Aucun lecteur dans la file d'attente matérialisée par un interminable cordon. Juste un couple de personnes âgées dans les gradins.

— Je m'attendais à plus de monde, lance le directeur, déçu, à sa vendeuse. Espérons que la musique les fasse venir. En tout cas, ma chère Lucile, c'est du bon boulot. Le stand est magnifique. En vous confiant les rênes, je savais que les Grandes Galeries pouvaient compter sur vous.

Une pause. Charles attend manifestement une réaction. Comme Lucile ne moufte pas, il précise :

— Les rênes, les rennes… Vous l'avez ?

Elle opine à l'immense sourire de son chef. Sa gorge est sèche, elle redoute que le moindre de ses gestes trahisse son malaise et son appréhension. Si près du but, les doutes l'assaillent : et si tout cela allait trop loin ? Il est encore possible de tout arrêter.

Charles avise un livre mal positionné. Alors qu'il monte sur l'estrade pour le replacer, la pile entière se désagrège.

— Laissez, dit-il à Lucile qui s'approche pour aider. Je m'en charge.

Elle profite de cet opportun moment d'inattention pour se ruer sur la boule en plastique dissimulée derrière des boîtes de Lego.

« Est-ce qu'on continue ? »

Elle secoue discrètement la boule oraculaire, dos à Charles.

ABSOLUMENT !

Forte d'un choix qu'elle n'a pas à trancher elle-même, convaincue que la boule sait mieux qu'elle qui ne sait jamais rien, elle adresse un signe à Damien.

Le plan « Anti-Dalmand » peut démarrer.

— Ah ! s'exclame Charles en consultant son téléphone portable. On m'informe que notre star se trouve à l'entrée. Lucile ?

Elle sursaute, se retourne en vitesse. Charles parait inquiet.

— Oui, Monsieur.

— Je vous amène notre vedette et zou, je file vers l'aéroport où Madame mon épouse trépigne sûrement déjà avec les valises. Si par malheur je devais arriver en retard, je crois que même le canapé me serait inaccessible, je serai bon pour m'installer dans mon bureau jusqu'à la fin des temps. Ah, l'intransigeance des femmes…

– 36 –

Ceux qui passent des heures aux Grandes Galeries

— Charles Dumont, directeur comblé de ce splendide magasin ! Quel plaisir de vous recevoir, Monsieur Dalmand ! Nous sommes si heureux de pouvoir offrir à notre clientèle ainsi qu'à notre personnel ce retour en enfance !

Il tend vers Henri Dalmand une main solide et pleine d'allant. Une main que le vieil homme fait mine de ne pas voir. L'auteur se contente de maugréer un « Oui bon, c'est où ? », puis, louchant vers sa montre, un « Qu'on en finisse ».

Un léger voile passe sur le visage du directeur alors que l'assistante arbore un sourire démesuré que contredit un regard implorant.

— Vous avez Pandadi ? lui chuchote le directeur.

La jeune femme murmure que le panda patiente dans la réserve, conformément au programme. À ces mots, elle consulte le document qu'elle connait pourtant par cœur. Aux premières notes de *Pandadi Pandadou*, le comédien en costume surgira dans le magasin, traversera les allées, suivra la signalétique et rejoindra le stand où il effectuera sa célèbre chorégraphie. De quoi créer la surprise.

— Parfait, conclut Charles. Si vous voulez bien me suivre, je vais vous conduire auprès de Lucile, notre lumineuse responsable de la section jouet. J'espère que cela vous convient.

— Pas comme si j'avais le choix, grince Henri d'une voix forte malgré ses mâchoires serrées.

— Vous dites ?

— C'est parfait, n'est-ce pas, Henri, que c'est parfait ?

Aïe, Émilie vient de faillir à l'une des règles établies avec elle-même depuis qu'elle travaille aux éditions Madral : ne jamais demander son avis à Henri Dalmand pour éviter toute réponse désagréable. Trop tard pour ravaler sa question. Elle compte sur une défaillance du sonotone, à la fois son drame et sa chance.

— Là ou ailleurs, ça me fait une belle jambe, marmonne l'écrivain en regardant l'énorme sapin où pas une lumière ne clignote.

— Bien bien, toussote le directeur. Allons-y.

En ce dernier samedi d'avant Noël, le magasin est bondé et l'effervescence à son comble. Il faut jouer des coudes pour se frayer un chemin dans les travées. Brouhaha et chaleur s'additionnent. Les clients, encombrés de paquets et d'épais manteaux d'hiver affichent des joues écarlates.

Escalator. Deuxième niveau. Escalator. Troisième niveau.

Émilie et Charles comblent le silence. Charles fait l'article de son magasin quand, de son côté, Émilie s'extasie sur le moindre détail, espérant emporter Henri dans le sillage de son enthousiasme. En vain, évidemment : ce n'est que pour lâcher des remarques acerbes que l'auteur daigne desserrer les dents, se plaignant tour à tour du consumérisme, des mômes mal éduqués qui s'excitent dans les allées et des sacs *made in China* sur lesquels on a collé un écusson Gucci.

À chaque fois qu'Henri ouvre la bouche, le corps d'Émilie se ratatine. De temps à autre, elle désigne le sonotone, proposant à Dalmand son aide pour en ajuster le volume.

— Larsen, plaide-t-il à chaque flagrant délit de vacherie.

Elle opine, se demandant sans cesse si c'est du lard ou du cochon. Autrement dit, si Dalmand est un vrai connard ou seulement un pauvre bonhomme au seuil de la démence, persuadé de dire tout bas ce qu'il prononce en réalité tout haut.

Le petit groupe s'engage sur l'escalator menant au niveau supérieur. Émilie s'est collée au directeur dans l'espoir d'empêcher le directeur d'entendre les horreurs que la vedette débite. Inconscient de ce qui se trame dans son dos, Charles poursuit la visite guidée du magasin. Une femme flanquée d'un garçonnet de trois ou quatre ans l'aborde :

— Excusez-moi, je cherche la dédicace de Pandadi…

— Justement, je vous présente Monsieur…

— C'est où le panda ? frétille le petit garçon, sa tétine dans la bouche, un doudou dans la main.

— C'est où le panda, singe Henri Dalmand pendant qu'Émilie force une quinte de toux.

L'enfant tire la manche de sa mère.

— Maman, pourquoi il est méchant, le vieux papi ?

— Voyons, Gaspard, enlève ta tut tut pour parler. Et ce ne sont pas des choses qui se disent. Demande pardon.

L'enfant ôte sa tétine baveuse.

— Par-Don.

Dalmand se met à genoux, à hauteur de l'enfant. Plante ses yeux dans les siens. Demeure immobile. Une seconde, une autre. Et lance brusquement un effroyable « bouh ». L'enfant pousse un hurlement, les yeux plein de larmes.

— Quel vieux con ! se récrie la mère.

Furieuse, elle tire son fils vers le haut de l'escalator pendant que le directeur, confus, essaie de garder le cap :

— La dédicace a lieu au quatrième niveau, suivez la signalétique, tout est fléché…

— Henri, enfin…, se désole Émilie.

— Bah quoi ? C'est pas comme si je lui avais dit que le Père Noël n'existait pas.

Émilie décoche une œillade effarée aux deux fillettes qui ouvrent des yeux soucoupes, juste derrière Dalmand. Chacune serre contre elle une peluche Pandadi. L'assistante gratifie les petites filles et leurs parents d'un salut gêné en se rapprochant du directeur pour l'inciter l'air de rien à ne pas s'appesantir. Mais :

— Très jolies peluches, intervient Charles, surpris par ailleurs de constater l'assistante si proche de lui. Rendez-vous au quatrième, ajoute-t-il à l'intention des parents des fillettes.

Il chuchote, comme sur le point de révéler un secret :

— Il se pourrait que Pandadi fasse une apparition. Mais chut, je ne vous ai rien dit.

Puis, de nouveau aux parents :

— Tout est fléché, suivez les panneaux.

La famille observe, sidérée, le petit groupe disparaître dans la foule : le pas sûr du directeur ; celui, pressé, de l'assistante engluée au directeur ; celui traînant du septuagénaire, qu'on dirait condamné à l'échafaud.

— Bienvenue chez vous ! s'écrie Charles trois minutes plus tard en désignant l'estrade et les trois rennes.

— Je vais pas avoir l'air de la moitié d'un couillon au milieu de ces bestiaux.

Le couple d'octogénaires est toujours là, assis sur la petite rangée de gradins. Ils grignotent un paquet de chips.

Émilie exprime son étonnement de voir un public si peu nombreux. Elle se souvient de l'appel de la présidente du fan club d'Henri, inquiète à l'idée qu'on soit forcé de pousser les murs pour accueillir la foule en délire. Les Grandes Galeries ont-elles suffisamment communiquées ? Les gens sont-ils seulement au courant ?

— On a pourtant placardé les flèches partout dans le magasin pour indiquer l'emplacement de la dédicace, argue le directeur d'une intonation contrariée. Pas d'inquiétude cela dit, l'arrivée de Pandadi devrait stimuler les troupes.

Il cherche quelqu'un des yeux puis s'étonne auprès de la vendeuse maquillée comme un camion qui fait le pied de grue à proximité de l'estrade.

— Murielle, Lucile n'est pas là ?

— Au jardin.

— Au jardin ?

—Pause pipi quoi. Elle m'a demandé d'installer Monsieur Pandada en son absence.

La Murielle en question pivote vers Henri Dalmand de petites dents où s'impriment des traces de rouge à lèvres. Puis, laissant tomber son regard sur l'assistante, elle tord sa bouche, en proie à une intense réflexion.

— Il faudra passer me voir au rayon cosmétique quand vous aurez une minute, conseille-t-elle.

Une sonnerie. C'est le téléphone du directeur. Il pose sur l'écran ses sourcils froncés et décroche.

Après un « Hum, hum », « oui je vois » « d'accord » et un « très bien » qui signifie le contraire, il raccroche, présente ses excuses à l'auteur ainsi qu'à son assistante : il doit les quitter, une urgence familiale, mais pas d'inquiétude, Murielle fera en sorte qu'on ne manque de rien en attendant le retour de Lucile.

Charles parti, la vendeuse invite Henri Dalmand à se dissimuler derrière le grand panneau peint à l'effigie du village de Pandadi, rapport à l'effet de surprise en vue du petit show.

Lui feint de ne pas avoir entendu la consigne et s'assoit à sa table. Plus vite il achèvera cette fichue séance de dédicace, plus vite il retrouvera ses pénates.

Durant plusieurs minutes, alors que personne ne se présente, l'assistante et la vendeuse s'échangent des sourires de circonstance. La vedette ne lève pas les yeux de son téléphone portable.

Soudain, la grand-mère des gradins descend de sa place et approche de Dalmand une mine contrite. Ce dernier s'empare du stylo posé sur la table et agrippe machinalement un livre en haut de la pile.

La dame articule quelque chose qu'il n'entend pas et dont il se fout éperdument.

— Quel nom ?

Il se penche, rapport à son sonotone défectueux, qu'il n'entend pas régler de toute façon.

— Je vous demandais si vous saviez où se trouvaient les toilettes.

— Vous voulez un bouquin ?

Déroutée, la vieille dame hoche la tête, oui non, pourquoi, est-ce qu'il est libraire ?

L'auteur souffle en consultant ostensiblement sa montre.

— Ah, j'y suis, rectifie l'octogénaire. Vous êtes écrivain ! Je me disais aussi que votre tête ne m'était pas inconnue.

Elle se tourne vers son mari dont la grosse main pioche des poignées de chips à tout va.

— Tu vois, Georges ! J'avais raison, pour pas changer. Ce monsieur est un grand écrivain.

Le Georges s'empiffre, si imperturbable que, l'espace d'une seconde, Henri Dalmand se demande s'il n'est pas un peu sourdingue, lui aussi. Ce qui le lui rend quasi sympathique, d'une sorte de sympathie qu'une connivence d'infirmité confère.

— Ce qu'il peut m'énerver, soupire son épouse. Il a du cholestérol plein les artères. Le docteur l'a dit, hein Georges, qu'il te l'a dit le toubib la dernière fois, que ce n'est plus un cœur que tu as, c'est un pot de rillettes ? Mais je l'ai prévenu, qu'il ne compte pas sur moi pour jouer la veuve éplorée. Cinquante-cinq ans de mariage ou pas, s'il cane, je pars m'installer sur la Côte me réchauffer la couenne et me trouver un monsieur fringant, un petit jeune, qui se porte bien, un peu comme vous quoi, ricane-t-elle. Mais vous, vous êtes écrivain, c'est pas pareil, ça conserve ce genre d'activité. Avec mon Georges, on tenait une boucherie-charcuterie. On pensait que notre fils allait reprendre l'affaire mais, pensez-vous, il n'en a pas voulu, c'est son choix et on ne fait pas des enfants pour soi. Vous en avez, des enfants ?

Henri Dalmand pianote sur son téléphone, loin de ce que baragouine la dame. Sa voix n'est qu'un bourdonnement désagréable, à l'image d'une tondeuse dans la campagne ou d'un moustique par une nuit chaude.

— De toute façon, Georges ne veut pas descendre dans le Sud, soi-disant qu'il a trop chaud. Il a toujours aimé le Nord et moi le Midi. C'est vrai, ça, Georges ?

Genoux écartés sous la panse rebondie, l'homme érige un pouce gras hors du paquet. L'est pas sourd, donc.

— Faut être honnête, la Baie de Somme c'est quand même beau. Mais on ne peut pas mettre un orteil dans la mer. Glaciale de janvier à décembre. Vous avez déjà essayé de vous baigner dans la mer du Nord ? Non, bien sûr que non, vous êtes écrivain, vous devez avoir une piscine à vous. C'était notre rêve, à Georges et à moi. On en a fait creuser une petite quand nos enfants étaient gamins. On l'a fait reboucher après leur départ. Georges a commencé à avoir des problèmes de santé et une piscine, ça représente beaucoup d'entretien. Faut éviter la prolifération des algues, enlever les feuilles mortes, la vider quand il pleut trop, la remplir si ça s'évapore, et patati et patata, sans compter le chlore, le PH et tout le tsoin-tsoin, on n'en sort jamais. Les derniers temps, elle était toute verte, c'était d'un triste, hein Georges, la piscine, ça nous retournait les boyaux de la voir dans cet état…

La dame a sorti un Kleenex de son sac à main. Elle essuie le coin de ses yeux que les réminiscences ont rendu brillants.

— Excusez-moi, reprend-elle après s'être mouchée. Je suis une vraie pipelette. Pas vrai, Georges, que je suis bavarde quand je m'y mets ?

Tandis qu'elle parle, elle écrase son mouchoir contre la table de Dalmand qui, dégoûté, observe les miasmes de l'octogénaire envahir son espace vital.

— Qu'est-ce que vous voulez, c'est la déformation professionnelle, soixante ans de commerce.... On a eu des belles années là-bas, on connaissait tout le monde dans le quartier, une clientèle fidèle et tout. Se débarrasser de notre fonds de commerce nous en a fichu un coup, on avait tellement de souvenirs, hein Geo…

— Un livre, oui ou non ? s'impatiente Henri Dalmand qui n'est ni psy, ni d'humeur.

— Ah mais oui, bien entendu. Dites-moi, qu'est-ce que vous écrivez de beau ?

— Monsieur Dalmand écrit des livres pour enfants, s'invite Émilie qui craint de plus en plus qu'Henri finisse par prendre la vieille dame au collet.

— Pour nos petits-enfants, ce serait pas mal. Hein, Georges, ce serait bien pour les petits ? On en a sept, de dix-huit à trois ans. J'aime autant vous dire que ça fait du bruit quand on a tout le monde à la maison. D'autant que mes petites-filles sont aussi bavardes que moi. Georges dit que ça lui donne des acouphènes de nous avoir tous autour de la table. Qu'est-ce qu'il râle ! Remarquez, il a toujours été pestouilleur, c'est de famille, son père avant lui était pareil. C'est vrai qu'avec l'âge, ça ne s'arrange pas, vous verriez ce qu'il peut s'énerver devant les matchs de football ! Vous voulez que je vous dise ?

Dalmand a beau répondre non, l'autre se penche sur la table, place sa main de manière à prévenir toute indiscrétion et chuchote comme si elle lui révélait le secret du siècle :

— L'An-Dro-Pause.

Dalmand approche son buste. Dans un réflexe de prudence, Émilie prend les devants et s'empare d'un livre qu'elle balance sur la table.

— Henri, que diriez-vous de dédicacer et d'offrir un exemplaire à cette charmante dame ? Cadeau des éditions Madral !

— Oh, vous êtes gentille, Mademoiselle.

— À quel nom souhaitez-vous que… ah, bah non, je vois que notre auteur est inspiré, bredouille l'assistante en constatant qu'Henri est déjà en train d'écraser le stylo contre la page.

À peine appuie-t-il la pointe sur le papier qu'un jet d'encre éclabousse le livre, la table, la robe de l'assistante, la chemise et la joue de Dalmand. Il jure, la charcutière à la retraite glousse : « oh mon pauv'monsieur vous voilà bien arrangé », la vendeuse des Grandes Galeries agite un chiffon. Émilie s'empare de la chiffonnette et entreprend de frotter la joue de Dalmand.

— Oh, la barbe ! Donnez-moi ça ! se cabre l'auteur en lui arrachant le bout de tissu.

Il essuie ses doigts et le coin de son menton. Qui lui a fichu de la camelote pareille !

— Vous penserez à mon petit mot, hein ?

— Évidemment, feule-t-il, puisque Madame la charcutière voit bien qu'on n'a que ça à penser.

Sans la lâcher des yeux, il attrape un stylo dans sa poche, d'une qualité sans comparaison avec la pacotille fournie par les Grandes Galeries. Il le débouche, se fend d'un bref laïus sur la page de garde et referme le livre d'un coup sec.

— Faudrait pas gâcher la surprise, prévient-il sans joie.

— Je penserai à vous en lisant.

— Faites donc ça.

Émilie colle une gommette Pandadi sur le code barre.

— Pour la caisse, roucoule-t-elle, dégoulinante d'exaltation rapport à la nécessité d'en faire des caisses pour équilibrer.

— Comme c'est gentil ! Hein, Georges, que c'est gentil ? Comme quoi ce n'est pas vrai que les célébrités sont forcément méprisantes. Enfin, vous, ce n'est pas pareil, c'est pour les enfants et puis on est forcément gentil quand on écrit sur les pandas.

L'assistante et la vendeuse joignent leurs efforts pour pousser la dame en dehors du périmètre.

— Tu viens, Georges ?

Georges hisse difficilement sa bedaine sur ses cuisses maigres. La femme agite sa main en direction de l'auteur, déjà replongé dans son smartphone.

— Au-revoir, Monsieur Pandu. À bientôt !

— C'est ça, grince-t-il, oubliant déjà le petit mot qu'elle découvrira sitôt les portes du magasin franchies.

– 37 –
Celle qui se délecte

Pour Georges,

Comment faites-vous pour supporter une emmerdeuse pareille ? Courage, encore deux tonnes de chips et vous serez libéré.

Goinfrement,

H. D

— Vous permettez que je prenne cette dédicace en photo ?

— Oui, bien sûr qu'on permet. Écrire des horreurs pareilles à mon pauvre mari, avec tous ses problèmes de santé. Faut quand même pas charrier. Hein Georges, qui faut pas charrier ? Grand écrivain ou pas, il y a un minimum de savoir-vivre. Avec Georges, on se l'est toujours dit : on est tous fait pareil, avec des yeux, un nez, une bouche et le reste, je ne vous fais pas un dessin.

Clic, photo. Une preuve de plus.

— Mais vous allez en faire quoi, de votre photo ?

— C'est pour un reportage, explique Sonia Hop.

— C'est votre école qui vous a demandé ça ? Georges, tu vois, on n'en parlait, comme quoi les profs d'aujourd'hui sont plus à la page qu'à notre époque. La petite demoiselle, elle fait un reportage pour son école.

— Je ne vais plus à l'école depuis longtemps, soupire Sonia Hop.

— Ah bon, à votre âge ? Ma pauvre chérie, c'est important les études, il ne faut pas décrocher.

— J'ai trente ans.

— Ça alors, glousse l'octogénaire. Vous êtes si mignonne, et avec une petite voix pareille, je vous croyais au collège.

Sonia prend congé du couple et se hâte de remonter à l'étage de la dédicace pour ne rien louper du spectacle qui lui est offert. Quel régal ! Bien qu'elle garde ses distances pour le moment, elle filme tout, photographie tout. Ce à quoi elle assiste se révèle nettement plus intéressant que ce qu'elle escomptait.

Elle était venue dans l'espoir de confondre en direct les éditions Madral. Elle prévoyait de prendre les membres de l'équipe de l'auteur au dépourvu, faire en sorte qu'ils répondent à brûle-pourpoint à ses accusations de profiter sans vergogne des influenceurs sans avoir le loisir de se retrancher derrière une communication chiadée dont les entreprises sont coutumières. Elle aurait filmé l'entrevue en caméra cachée, tout balancé sur le réseau et bim, elle aurait fait éclater la vérité sur les dessous peu ragoûtants des nouvelles habitudes du marketing digital.

Et voilà qu'elle se retrouve aux premières loges d'un grand n'importe quoi : d'abord une signalétique inversée, un auteur odieux, un stylo qui fuit.

À ce degré d'incompétence générale, c'est presque du sabotage. Son sixième sens de journaliste d'investigation en devenir pressent qu'elle ferait bien d'attendre un peu avant de confronter l'auteur et l'assistante manifestement dépassée. Qu'il y a peut-être un meilleur coup à jouer. Comme on le lui serinait quand elle était petite : tout vient à point à qui sait attendre. Pour le moment, elle se contente d'observer et de collecter du matériau. Elle ignore encore ce que ça donnera mais ça donnera. Et ça va être énorme. Elle a confiance.

– 38 –
Celle qui se cache

— Alors ? s'inquiète Lucile depuis les toilettes du personnel qui lui servent de cachette, la téléphone contre l'oreille.

À l'autre bout de la ligne, Damien, installé dans le poste de sécurité devant la dizaine d'écrans de surveillance.

— Pour l'instant, tout se déroule conformément au plan, la signalétique redirige les gens vers notre Père Noël, à l'autre bout du magasin. Henri Dalmand a quand même fait une dédicace.

— Mince, tique Lucile, on a déjà des blessés. Des enfants ?

— Non, un couple de petits vieux.

— Bon, pas cool mais moins pire. Il a utilisé le stylo ?

— Oui. Il a fui comme prévu. Il y en avait partout.

— Parfait. Ça va peut-être le décider à lever l'ancre.

— Ancre, encre, joli jeu de mots, remarque Damien. Attends…, un couple avec un enfant se dirigent vers lui. Ils vont lui parler. Je crois que l'assistante essaie de les intercepter… elle est dans la combine, l'assistante ?

— Pas que je sache. Si seulement elle pouvait les empêcher d'atteindre ce fou furieux.

— Eh non, raté, ils l'ont contournée. Ils vont aborder Henri Dalmand dans 3, 2, 1… impact !

Lucile ne peut réprimer un petit rire. La situation est grave, les risques sont gros mais Damien a le don de dédramatiser. L'a toujours eu.

— On enchaîne.

Elle soulève le talkie-walkie et l'approche de sa bouche. Elle annonce entre deux grésillements le déclenchement de la phase « grand ménage ». Trois minutes plus tard apparaît sur un des écrans de contrôle une armée de techniciens de surface munis de chariots, de balais, de plots et de panneaux « Attention, sol glissant ». En moins de deux, un périmètre infranchissable s'est formé autour du lieu de la dédicace, à quelques dizaines de mètres de Dalmand, si bien que l'auteur se retrouve à présent au centre d'un cercle désert.

— Alors ? s'impatiente Lucile, assise sur la lunette fermée des WC, frustrée de ne rien voir.

— Ça fonctionne. Les gens sont baladés d'un escalator à l'autre.

— Pourvu qu'ils se découragent et que Dalmand se lasse de les attendre.

Dix minutes plus tard, le talkie grésille de nouveau. Le responsable du ménage indique que, le sol brillant comme un sou neuf, on ne peut décemment continuer à briquer sans que cela finisse par être suspect. Il veut bien aider mais de là à perdre son boulot pour une blague de caméra cachée... D'ailleurs, ça passera quand et sur quelle chaîne ?

— Retour à la base, lâche Lucile, déçue.

Soudain, un grincement. Suivi d'un claquement.

Elle remonte ses jambes dare-dare et tend l'oreille : quelqu'un vient de pénétrer dans les sanitaires.

— Mince, je te rappelle.

Elle raccroche au nez de Damien tout en fustigeant le visiteur dont l'incursion menace, sinon de tout faire capoter, du moins de retarder la suite de l'opération au point de la compromettre. Elle a pourtant pris soin de coller un panneau « Hors-service » sur la porte.

Cling cling.

Lucile se met à quatre pattes et hasarde un regard sous la porte. Des bottes noires à grelots, de la moumoute blanche, un pantalon en feutrine. Contorsionnée à deux centimètres du sol, elle le hèle d'une flopée de « Psst ».

Surpris, le Père Noël tourne et vire frénétiquement à la recherche de la voix avant de laisser tomber son regard sur le nez qui dépasse de sous la porte. Il se penche dans un tintement de grelots.

— Qu'est-ce que vous faites là ? marmonne Lucile.

— Et vous ?

— Je… exercices de yoga. Vous ne devriez pas être en train de vous faire tirer la barbe par des enfants assis sur vos genoux ?

— On m'a promis un panda.

— Il va arriver, assure-t-elle.

— Quand ? Parce que sans décor, j'ai l'air d'un satyre ou de faire la quête pour la Croix Rouge. Et personne ne s'approche, évidemment.

— Vous n'avez qu'à faire des Ho ho ho, comme tous les pères Noël.

— Parce que vous croyez que ça suffit à amadouer les gosses ? Avec tout ce qu'ils voient aujourd'hui, il en faut un peu plus pour les attirer. C'est pour ça que le panda dont vous m'avez parlé serait très utile.

— Il arrive, répète-t-elle. Il se prépare. En attendant, vous n'avez qu'à trouver des trucs…

— Trouver des trucs ? Vous en avez de bonnes. Dites, il paraît qu'il y a une autre animation au 4ème étage, un truc de panda aussi apparemment, avec des livres ou des télévisions, je n'ai pas trop compris. Vous êtes au courant ? Ça va me faire de la concurrence, cette affaire, d'autant qu'y aurait des rennes là-bas. Je vous rappelle que je ne suis payé qu'au pourboire donc si je n'ai personne, je l'ai dans le baba.

— Ne vous en faites pas, c'est vous l'animation star du jour ! L'autre, ce n'est rien du tout.

— Bon, d'accord. Ça vous ennuie, si… ?

Il a montré les toilettes.

— Je vous en prie.

Elle souffle, piaffe tandis que l'autre fait son affaire dans un tintement de petites clochettes. Elle se ronge les ongles. Dépêche dépêche, se dit-elle tant le timing est serré.

Arrive le bruit de la chasse d'eau. Qu'elle accueille avec soulagement.

— Vous pensez à mon panda, hein ? lance le Père Noël avant de sortir dans un vacarme de grelots.

Téléphone.

— C'est bon, Dalmand lève le camp ? demande Lucile, la voix vibrante d'espoir à celui qui constitue présentement ses yeux.

— Toujours pas. Et du monde se ramène.

— Ok, je préviens Murielle.

Lucile rédige un message :

Hello, Mumu. S'il y a du monde, maintiens-les à distance de l'estrade, derrière le cordon de sécurité. Et demande à Dalmand de se mettre derrière les panneaux, pour la surprise du panda.

Réponse :

Il veut pas.

Lucile :

Vois avec son assistante.

Murielle :

OK. Tu reviens bientôt ? Faut que je prenne ma pause.

Lucile :

Dans dix minutes max. Désolée, je suis barbouillée. Merci pour tout, Mumu.

Elle reprend le combiné et indique à Damien qu'il peut lâcher les rennes dès que la voie est libre.

*

Damien plisse les yeux sur l'écran. Il y distingue Murielle qui, conformément aux indications de Lucile, s'emploie à positionner les gens derrière un cordon. On voit également l'assistante de Dalmand discuter avec ce dernier, cherchant sûrement à le convaincre de passer derrière le décor.

Un ronflement éclate. Damien quitte l'écran et se tourne vers le chef de sécurité. Avachi sur un fauteuil en skaï, l'homme s'adonne à sa sieste digestive quotidienne, bouche ouverte, nuque en arrière et mains sur un ventre gonflé.

Damien le remplace de temps en temps derrière les écrans de contrôle. Jusqu'à aujourd'hui, il ignorait que ce petit service rendu par simple amitié lui permettrait un jour de faire plaisir à Lucile. La sieste du responsable du PC sécurité, c'est trois heures tranquilles, a minima.

« Ça y est, c'est bon », se dit Damien, les yeux de nouveau rivés à l'écran de contrôle qui offre une contreplongée idéale sur l'estrade en général et les rennes en particulier.

– 39 –
Ceux qui explosent

Comme si ça ne suffisait pas, Henri Dalmand doit maintenant patienter derrière le décor, le temps que musique et panda se coordonnent. En tout cas, hors de question qu'il s'ébroue comme Pandadi sur sa musique de dingue.

Sans rire, quel intérêt de le planquer après l'avoir laissé mariner à sa table durant près de vingt minutes ? Niveau organisation, on n'est quand même sur le fond de la marmite.

Il en a plein le dos de tout ce barouf. On lui a vendu un bain de foule, il se retrouve coincé entre l'assistante névrosée et la vendeuse repeinte comme une Lamborghini. S'il s'écoutait, il prendrait ses clics et ses clacs et bien le bonsoir.

Mais il y a François et sa maison d'édition et toute cette histoire…

Monte en lui une vague de mélancolie qu'il repousse d'une vigoureuse expiration nasale.

En coulant un œil à travers la fente du paravent, il remarque que les rennes viennent de se déclencher. Deux des trois têtes flanquées de bois poussiéreux dodelinent sur un *Jingle Bell* entonné par trois Sinatra dont les voix sourdent en léger décalage des enceintes planquées dans le corps des automates.

Sinatra…Décidément… Rien ne lui sera donc épargné, une journée pourrie jusqu'au trognon.

À défaut d'autre chose, il coupe son sonotone pour de bon et ferme les yeux. Verrouillage des écoutilles, salut les cons. Il n'a pas trouvé arme plus efficace que l'abolition de l'extérieur pour éviter les emmerdes et s'arroger un semblant de tranquillité.

Depuis les gradins qui se remplissent bon an mal an malgré les subterfuges que l'on sait, des gamins pointent du doigt le balancement calme des faux rennes, sous l'œil attendri des adultes. Aux gosses futés que l'amorphie du troisième interroge, on prétend que n'ayant pas mangé sa soupe, les forces lui manquent pour bouger, voilà pourquoi mon petit chéri il faut te nourrir correctement ; ou, qu'étant plus jeune que les deux premiers, le renne immobile est en train d'apprendre son métier en regardant faire les plus vieux, c'est important de prendre exemple avant de se lancer, tu vois.

En attendant la star dont se devinent les mocassins à glands derrière le paravent, les parents font connaissance. On bavarde d'Henri Dalmand, on éprouve les références communes d'une époque révolue et on s'émeut de voir ses propres enfants prendre le relai de l'inexorable cycle de la vie.

Tout à coup, la musique s'enraye. Les museaux s'agitent tous azimuts pendant que la voix de Sinatra ralentit, selon trois rythmes différents.

Murielle et Émilie observent le balancement furieux des rennes de leurs yeux écarquillés. Pétrifiées de stupeur, elles retiennent leur souffle, sentant confusément l'imminence d'une catastrophe.

Sous le regard catatonique du troisième, les têtes des deux premiers rennes devenus dingues accélèrent, les trois voix de Sinatra s'embrouillent dans une cacophonie musicale.

Soudain, paf, une des têtes éclate dans une pluie de bourrage. De-ci de-là, retentissent des couinements apeurés alors que les épaules et les cheveux se recouvrent de flocons de coton sale. On roule des yeux médusés entre la bête sans tête et l'autre, dont le museau pend lamentablement au bout de son ressort, comme une colonne vertébrale brisée.

Bon sang, quand est-ce que ça démarre, leur fichu bordel ? s'agace Dalmand, dans sa bulle où rien ne filtre. Impatient, il finit par couler un œil hors de son paravent.

D'abord la coiffure foireuse de l'assistante, jonchée d'une écume à la blancheur contestable. Puis le maquillage en berne de la vendeuse, les copeaux sur le sol et les épaules, les spectateurs bouche bée.

Le spectacle pathétique lui arrache un rictus cynique.

Un hurlement de petit mioche abrège la torpeur générale. Des pleurs engendrent d'autres pleurs, des mains ridées camouflent les yeux juvéniles pour empêcher la vision terrible de rennes sans tête.

Émilie rejoint Dalmand derrière le paravent.

— Tout va bien ? s'enquiert-elle, le corps tremblant.

Il ne répond pas, il n'a pas entendu.

— On dirait bien qu'il a neigé sur *Yesterday*, grogne-t-il après une seconde.

S'il ne s'était pas trouvé derrière le paravent, dieu sait ce qui serait advenu, se dit l'assistante, toute chamboulée que son protégé ait échappé de si près à la catastrophe. Comme quoi un caractère de cochon n'empêche pas une chance de cocu. À croire qu'il est protégé. Quelque part entre le miracle et la malédiction.

Alors que des larmes de piété montent aux yeux de l'assistante, Murielle envoie un message affolé à Lucile. Les gosses sont traumatisés, les parents désertent. On ne peut pas envoyer la musique et balancer le panda dans un champ de bataille pareil. Il convient de vite trouver une solution de repli.

Depuis les toilettes, Lucile ne répond pas immédiatement. Elle feint un temps de réflexion pour chercher un autre lieu de dédicace. Un nouveau lieu prévu en réalité depuis des heures avec la complicité de Damien. Au bout de deux minutes, elle écrit :

Au troisième étage, au fond, près de l'escalier.

La vendeuse fronce les sourcils. Demande confirmation.

Tu es sûre ?

Réponse de Lucile :

Oui, c'est Charles qui vient de me l'écrire depuis l'aéroport. Ils ont déjà mis une petite table, prends juste quelques livres avec toi.

Murielle remballe son téléphone. Puis, gênée, elle invite Dalmand à la suivre jusqu'à l'endroit indiqué, troisième étage, près de l'escalier.

Pendant ce temps, dans un lieu isolé de la réserve, inconfortablement assis sur un carton, sa tête de Pandadi sur les genoux, Jérémy lorgne sa montre. Le jeune homme trouve le temps long. Il s'étonne qu'on n'enclenche pas la musique comme convenu et se demande si on ne l'a pas oublié.

Qu'il se rassure, on n'oublie pas le clou du spectacle. On espérait seulement ne pas être obligé de le convoquer.

- 40 -
Celle qui envoie le panda dans la gueule du loup

— Ils sont en train d'arriver. Ils viennent de quitter l'escalator. Ils contournent la maroquinerie, les chaussures, le bricolage, la librairie. L'escalier est en approche. La petite table. C'est bon, ils y sont.

Dans les oreilles de Lucile, Damien décrit les faits et gestes d'Henri Dalmand qu'il suit en temps réel grâce aux écrans.

— Ils réagissent comment ?

— Muriel a mis la main devant sa bouche. Elle se retient sûrement de rire…

— On voit bien les bouquins sur le Kâma-Sûtra derrière ?

— La montagne de bouquins tu veux dire ? On dirait l'Everest. Impossible de la rater à moins d'avoir les yeux fermés.

— Et maintenant, qu'est-ce qu'il se passe ?

— Il vient de s'asseoir et… il sort des lunettes de sa poche et… non… j'y crois pas… il feuillette un livre. Ça a l'air de l'intéresser. J'ai une vue plongeante sur la page qu'il est en train de regarder… Attends que je zoome… Eh ben, un connaisseur, ton Dalmand… Tu crois qu'à son âge, c'est encore possible de… ?

— Dam', c'est pas le moment, le rabroue gentiment Lucile en se rongeant un ongle. Et là ?

— Un enfant veut s'approcher mais il vient de se faire rattraper par ses parents. Bravo, excellente idée de mettre Dalmand au milieu des *sex toys* et des ouvrages spécialisés, c'est une technique imparable.

Lucile lui renvoie le compliment : sans leur brainstorming nocturne, elle n'aurait jamais eu cette idée folle.

Ils ont mis des heures à élaborer ce plan dans les moindres détails et à désigner des complices, tiré des plans sur la comète jusqu'au lever du jour en ingurgitant des litres de café, beaucoup ri à cause des idées grotesques qui entraînaient des idées encore plus grotesques. Deux gamins.

Jusqu'au début de l'après-midi, Lucile a douté de la faisabilité du complot, craignant les retournements de dernière minute, les imprévus, les impondérables impossibles à anticiper. Pourtant force est de constater que le plan se déroule avec une facilité déconcertante. Comme si la vie, pour peu qu'on se trouve dans le vrai, se mettait en branle pour vous faciliter la tâche. C'est quasi métaphysique et Lucile a la sensation d'être au service d'une cause plus grande qu'elle. Ça la grise.

— Et là, qu'est-ce que tu vois ?

— L'assistante discute avec Murielle. Je suppose qu'elle essaie de négocier un autre emplacement.

— Et ça marche ?

— Murielle fait des grands non avec sa tête et elle a les bras croisés, alors j'en doute.

— Pauvre Mumu. J'ai des scrupules. Et là, tu vois quoi ?

— Je vois l'assistante qui essaie de cacher Dalmand en écartant les bras. C'est plutôt rigolo à regarder, d'autant que ta vedette bouquine toujours, comme si de rien n'était. Ça a vraiment l'air de l'intéresser, ce livre sur le Kâma-Sûtra.

Le bruit d'une chasse d'eau. Et d'un grelot.

Lucile camoufle du plat de la main le combiné, se parachute à quatre pattes, coule un œil sous la porte. Les bottines noires, le pantalon en feutrine rouge.

— Vous êtes toujours là ? demande le Père Noël en s'accroupissant à son tour, de telle sorte que son nez effleure presque celui de Lucile.

— Il y a un panneau à l'entrée…, proteste-t-elle, désabusée.

— Ah ? Pas vu… sinon, je voulais vous demander, mon panda, c'est pour aujourd'hui ou pour demain ? Je ne sais plus quoi faire pour les occuper, les enfants. Les ho ho ho, ça va deux minutes.

Lucile rassure l'homme, le panda arrive tout bientôt.

— Promis ?

— Crois de bois croix de fer, fait-elle, très solennelle.

Elle a beau retarder l'échéance, il faut en finir.

Sitôt le Père Noël loin des sanitaires, elle sort de sa cabine, frotte ses genoux où la marque du carrelage s'est imprimée, raccroche pour la troisième fois le papier « Hors service » sur la porte, regagne ses WC et annonce à Damien que le temps est venu pour le panda d'entrer en scène.

– 41 –

Celui qui possède le sens de l'orientation

Dans les haut-parleurs des Grandes Galeries, la musicalité d'une voix préenregistrée :

« Et maintenant… »

Clients et vendeurs lèvent simultanément la tête tandis que l'immense sapin éclairé de rouge se met à battre comme un cœur. Dans la réserve, Jérémy se dresse sur ses jambes, les oreilles tendues vers le discours qui s'amorce dans les enceintes.

« Chers petits et grands dont le cœur restera toujours celui d'un petit… »

Pendant qu'un cœur de leds rouges apparaît sur le gigantesque sapin sous la coupole, Jérémy enfile la tête de Pandadi. Dans le magasin, le cœur bat de plus en vite vite, poupoum poupoum poupoum. Idem dans la poitrine du comédien.

C'est son moment.

« … merci d'accueillir chaleureusement Pandadi ! ».

À l'instant où le sapin se pare d'un Pandadi géant, Jérémy s'élance en dehors de la réserve. Puis s'immobilise, vaguement déconcerté : Émilie, qui devait l'escorter jusqu'au stand de dédicace, n'est pas là.

Les premières notes de *Pandadi Pandadou* éclatent dans le magasin. Déjà, on le remarque et des mains se hissent dans sa direction.

Alors tant pis pour Émilie. *The show must go on.*

Tout à son rôle, Jérémy chemine à travers le magasin en se dandinant, câlinant au passage les enfants qui le sollicitent, se prêtant au jeu des selfies, actionnant l'éclairage de son museau. Il est doué, enivré par la musique, galvanisé par le public, son public.

Il s'engage dans l'escalator sous les acclamations, direction le quatrième étage où la dédicace doit se tenir. Heureusement que l'assistante l'a briefé en début d'après-midi et qu'il a pu étudier le plan du magasin dans la réserve. Grâce à sa connaissance théorique des lieux et à un sens de l'orientation hérité de son boulot de livreur de repas, il progresse sans hésitation vers le rayon jouet.

Il déchante, ceux qui l'ont suivi aussi.

À la place de la foule excitée qu'il s'attendait à trouver se déploie un spectacle de désolation : derrière un cordon de sécurité façon scène de crime, des gradins vides, un paravent par terre, un corps de cervidé sans tête, un autre dont la tête pendouille et un agent de nettoyage qui balaie en sifflant.

Jérémy promène sur les alentours un regard incertain, du moins autant que lui permet la grille de son masque qui réduit drastiquement son champ de vision. Mais comme on le lui a enseigné au cours Daniel, un comédien se doit à son public en toutes circonstances.

Alors, sans se démonter, passant d'une patte sur l'autre pour donner le change, il interroge l'homme de ménage.

— Troisième étage, marmonne l'autre entre deux sifflements. Rayon Q.

Dans son costume, les bruits extérieurs lui parviennent assourdis. Pas grave, Pandadi a entendu l'étage, il dresse son gros pouce de panda et amorce la led de son museau en guise de remerciements.

Alors que *Pandadi Pandadou* continue à résonner dans tout le magasin (on avait opté pour la version longue qui durait trente minutes afin de parer d'éventuels problèmes), il sautille de nouveau vers l'escalator, un nombre croissant de personnes sur ses talons.

En lévitation entre le troisième et le quatrième étage, il remarque un attroupement. Confiant et louant son instinct, il quitte l'escalator et gambade vers la foule, persuadé qu'elle entoure Dalmand.

– 42 –
Celui qui découvre la loi de la jungle

À une trentaine de mètres de Jérémy, un Père Noël s'adonne à une chorégraphie endiablée en compagnie d'un gros panda noir et blanc.

Bien que le corps de Pandadi continue à gesticuler (on est professionnel ou on ne l'est pas), son crâne bruisse de mille questions.

L'a-t-on remplacé ? Les éditions Madral ont-elles souhaité revenir à un panda plus authentique ?

La gestuelle pataude de son alter ego navre Jérémy. A-t-on négligé d'envoyer la vidéo tuto à son remplaçant ? Ce n'est pas pour se faire mousser mais Jérémy a des mouvements plus souples, question de talent peut-être.

Et où est Émilie ? et Dalmand ? Ce n'est tout de même pas lui qui est déguisé en Père Noël, si ?

Tout à ses questions, il ne voit pas le public désigner l'autre bête. Il ne voit pas non plus la foule s'écarter et former un corridor.

Il voit en revanche le panda noir et blanc tourner son museau et cesser de danser. Jérémy agite sa patte, façon de saluer, avant de la laisser retomber, un poil effrayé par le manque de réaction de son vis-à vis. Il est vraiment balèze. Est-ce que ce n'est qu'une impression conférée par la conception plus massive du costume ou est-ce que le type à l'intérieur est une armoire à glace ?

Les deux pandas se fixent. Une seconde qui semble une éternité.

Jérémy déglutit, à l'affût des moindres signaux, une pointe d'angoisse entre les côtes. Dans sa tête, le décor des Grandes Galeries s'effondre et laisse place à la nature hostile d'une jungle tropicale. Les voix d'enfants se muent en cris d'oiseaux, les feuillages craquent sous sa patte, des insectes rampent au milieu des racines, une araignée tisse sa toile.

Jérémy respire vite, il se sent gorille adolescent face au doyen de la meute. Frêle mais agile, devant le singe à la force titanesque et rompu au combat. La loi de la nature, la lutte pour la survie.

Le monde se suspend, plus rien ne bouge.

Soudain, le gros panda se meut. Il avance une énorme patte, puis une autre. Jérémy recouvre une respiration normale, le rapprochement s'avère finalement sans animosité, presque amical. D'autant que les pas ne sont pas sûrs. C'en est touchant. Pandadi n'est pas l'ennemi du grand panda, au contraire, il est la relève, le successeur.

Mais voilà que l'énorme panda accélère. Accélère. Et court. Statufié, Jérémy répète : « Noncestpapossiblenonmaiscestpasvrainoncestpaspossible… ».

Puis prend la fuite.

La course poursuite traverse le magasin et bouscule les rayons sous le regard ahuri des vendeurs et des clients, sur fond sonore de *Pandadi Pandadou.*

Il arrive que le gros panda parvienne à saisir le petit. Mais, plus agile, le petit se dépêtre aussitôt de la prise. Jérémy a l'impression de se livrer à de véritables acrobaties face à une créature dont chaque pas fait trembler le sol quand les spectateurs de ce navrant spectacle raconteront plutôt avoir vu deux balourds jouer à chat au ralenti.

Jérémy s'arrête, une patte sur l'escalier, l'autre sur sa cuisse, ahanant, soulagé d'avoir semé l'autre, surpris quand même que son adversaire ait renoncé de manière aussi abrupte.

Hasard de la fuite, il se retrouve face au nouveau stand de la dédicace où personne ne se presse. Dalmand, seul au milieu d'articles olé olé, s'absorbe dans un livre près d'une vendeuse multicolore en train de se limer les ongles. Planquée derrière les marches, Émilie avale des comprimés d'Euphytose à tour de bras.

Les yeux de l'assistante croisent ceux de Jérémy. Elle paraît articuler un « oh mince », façon de dire que l'escorte de Pandadi lui était complètement sortie de la tête. Jérémy s'avance, si heureux de retrouver son équipe qu'il ne lui tient pas rigueur des récents événements.

Soudain, le revoilà, l'autre panda, museau recouvert de paillettes, la fourrure tachée de fond de teint.

Jérémy se remet à courir, prend la direction d'un escalator, croit une nouvelle fois avoir distancé son adversaire, le discerne dans la cabine en verre de l'ascenseur, la patte fermée en forme de poing serré. Bim bam boum, il remonte l'escalator en sens inverse, poussant au passage les clients sidérés par l'incongruité de la scène.

Dernier étage. La voie paraît libre. Il semble que l'autre ait renoncé. Grisé par sa victoire, épuisé par les efforts, Jérémy pénètre dans un recoin du rayon canapé et literie et s'accorde une minute de pause, histoire de remettre ses idées en ordre et de reprendre son souffle. Il étouffe sous son costume.

Sans se préoccuper des clients, il installe son popotin de Pandadi sur la protection plastique d'un matelas en promotion, conçu en fibres de bambou si on en croit l'étiquette. La coïncidence lui arrache un sourire.

Quand une forme ombrage tout à coup le sol et la moitié du matelas. Jérémy lève les yeux, doucement, comme dans les films. Face à lui, se tient le vieux panda.

Sur sa poitrine, une inscription délavée :

Année de la Chine en France
2004

Pas le temps d'en tirer la moindre conclusion : l'autre vient de fondre sur lui.

Les pandas roulent sur les lits, les canapés. Se balancent des coussins, des polochons. Assiègent les tables sans égard pour la décoration. Coups de pattes arrière, claques sur le museau, roulé boulé. Jérémy est un gladiateur dans l'arène, un catcheur sur un ring.

Le public se masse autour d'eux. Là où Jérémy se figure une ambiance électrique, où chacun supporte son champion, règne surtout une atmosphère de stupéfaction, d'atterrement et de railleries, notamment quand le nez de Pandadi se met à clignoter sans raison.

Électrisé par des encouragements imaginaires, Jérémy se défend avec vigueur, quoiqu'avec la lenteur que lui impose son costume. Les coups portés ont décalé sa tête et bouché complètement son champ de vision. Il se débat à l'aveugle, rend des coups qu'il ne reçoit pas, gifle le vent.

Brusquement, une force inouïe le bascule en arrière.

– 43 –

Celle qui commet une erreur

— Ça va ?

Entre la sueur qui pique ses yeux et la tête de Pandadi mal positionnée, Jérémy ne peut se fier qu'à son ouïe.

— Sonia ? C'est toi ?

Lucile retire dare-dare son gilet des Grandes Galeries et le glisse subrepticement sous un sommier avant d'aider Jérémy à retirer sa tête. La lumière crue des néons l'éblouit. Ses yeux se plissent.

— Qu'est-ce que tu fais là ?

— C'est que…

Elle cherche une explication plausible.

— Je suis en quête d'un cadeau pour mon neveu. Je me suis rappelée que c'était le jour de la dédicace alors j'ai pensé que je pourrais venir te faire un coucou aux Grandes Galeries, une pierre deux coups, tu vois…

Plus elle parle, plus Lucile a l'impression que le mot « mensonge » s'écrit en gyrophare sur son nez.

Jérémy répond que c'est gentil à elle d'être passée, il sourit, affable, plein d'assurance même, comme s'il n'était ni hirsute, ni affublé d'un costume de panda orange sans tête, ni en vrac. Il désigne le gros panda noir et blanc, assis à l'écart sur son énorme derrière.

— Je n'ai rien compris, il m'a sauté dessus et…

Lucile décoche une œillade assassine au gros panda et embrasse tendrement Jérémy sur le front.

— L'essentiel est que tu n'aies rien. Allez, viens. Tu me raconteras plus tard.

Elle le relève et s'empresse de le conduire ailleurs, de peur que Murielle ne puisse retenir plus longtemps l'assistante de Dalmand.

— Lucile ? l'aborde une voix féminine quand ils arrivent près de l'escalier.

Lucile se retourne, un réflexe. Elle se morigène aussitôt, se mettrait des baffes, ce n'est pas possible d'être aussi nulle. Alors elle fait de mine de s'être arrêtée pour déposer un autre baiser sur les lèvres de Jérémy avant de s'éloigner.

— Excusez-moi, insiste l'autre deux pas plus tard, je crois que c'est tombé de votre poche…

Lucile baisse les yeux sur la paume ouverte qu'une jeune femme aux cheveux courts et blonds lui présente.

À l'intérieur, le badge :

Lucile, à votre service.
Rayon : ça dépend

Lucile déclare derechef que cette étiquette ne lui appartient pas, une vendeuse l'aura certainement perdue. La fille s'excuse, elle a dû mal voir, elle la déposera à l'accueil.

— Puisque vous êtes là…

Clic, fait le smartphone qu'elle brandit à hauteur de leur visage. Professionnel, Jérémy a pris la pose aussitôt à côté d'une Lucile interdite.

La jeune femme aux cheveux courts explique qu'elle possède un petit compte sur un réseau social.

— Ça ne vous ennuie pas si je poste ces photos ?

Si, va pour répondre Lucile quand Jérémy prononce :

— Non, bien sûr que non, au contraire.

Puisque Pandadi se montre aussi coopératif, la jeune femme suggère de prendre d'autres clichés, qu'elle triera à tête reposée. Visiblement ravi, Jérémy se plie de bonne grâce aux consignes de la jeune femme. Lucile, elle, a esquissé un pas en arrière.

Après deux minutes de mode rafale, la jeune femme remercie Jérémy de sa collaboration, salue le jeune couple et s'éloigne. De son petit sac à dos dépasse un parapluie rouge replié.

– 44 –
Celui qui remballe le costume

Le spectacle est fini. Dans le rayon literie des Grandes Galeries ne subsiste qu'une poignée de curieux armés d'un téléphone portable. Des images du désastre tournent déjà dans le monde entier via les réseaux sociaux. De Bourg-en-Bresse à Kendawangan circulent des vidéos de la course-poursuite et des photographies du champ de bataille encore fumant, oreillers éventrés, matelas sens dessus dessous et vendeurs atterrés.

En fond, le faux Père Noël. Dans l'élan de son geste héroïque de séparation des deux adversaires, il a relevé ses manches sur deux bras tatoués d'illustrations qui n'ont pas grand-chose à voir avec Noël. Le gros panda est assis à ses pieds, tête basse, piteux.

— Eh ben, je ne sais pas ce que tu lui as fait à la petite vendeuse mais elle n'a pas l'air contente, note le Père Noël en offrant sa main pour remettre le panda debout.

Il se fend d'une tape virile sur l'épaule moumoute et embraye :

— En tout cas, pour une animation, c'était de l'animation. Mon gars, j'ignore qui t'a formé mais ce qui est sûr, c'est que tu as suivi un cursus plus long que le mien. Chapeau l'artiste !

L'artiste en question n'écoute pas. Derrière le poitrail en fourrure palpite un cœur brisé.

Le regard peu amène de Lucile l'a transpercé de part en part. Bon sang, comment a-t-il pu se laisser emporter de cette façon ? D'autant que l'organisation de cette animation sauvage pour court-circuiter celle de Pandadi, c'est son idée.

Quelques heures plus tôt, il s'est souvenu d'un vieux costume de panda, datant des festivités de 2004 données à l'occasion de l'année de la Chine en France, et reléguée depuis dans la remise à souvenirs des Grandes Galeries, entre les décors des vitrines des années 60, les mannequins des années 40, les têtes à coiffer des années 80 et les catalogues de 1990.

Lucile et Damien s'étaient mis tout de suite d'accord : en raison des risques encourus, leur panda serait l'arme ultime, on ne le sortirait que si les autres stratagèmes échouaient. A priori, le plan était imparable : reproduire la chorégraphie à l'identique (Lucile et lui se sont tant amusés en s'entraînant, deux gamins) afin de persuader les visiteurs qu'ils se trouvaient devant le stand de la dédicace de Dalmand. En d'autres termes, faire en sorte que la vraie dédicace soit délaissée au profit de ce clone d'animation censé lui voler la vedette.

À aucun moment, l'éventualité que les pandas se croisent n'a été évoquée. On n'y a pas pensé.

Quand Damien a aperçu Pandadi, il a songé à Lucile. Les images ont fusé à son insu. Il a imaginé la main de Lucile dans l'énorme pogne orange, la joue de Lucile contre le museau clignotant, le corps de Lucile entre les pattes de…

Aveuglé de jalousie, il s'est laissé emporter et de fil en aiguille, ils en sont venus aux pattes.

Pourtant Damien n'est pas bagarreur, pas son truc, la confrontation physique. Il ne se reconnait pas. Un incompréhensible, stupide et inexcusable moment d'égarement.

Ne reste plus qu'à ranger le déguisement dans la remise des vieux décors. L'odeur écœurante du costume s'est imprégnée sur sa peau, son cœur est gros. Le mal est fait, on ne peut pas rembobiner, Lucile lui en veut, il l'a déçue, il a sûrement perdu son amitié. Jamais il ne se le pardonnera.

Heureusement, il déménage demain matin. La distance saura concrétiser l'impossibilité de cet amour qu'il se trimballe depuis l'adolescence. Elle y mettra un terme par la force des choses. Tout à l'heure, il déposera la clé du vestiaire et de l'entrepôt au chef de la sécurité. Une nouvelle vie s'annonce, nouveaux collègues, nouvel appartement, nouveaux projets.

– 45 –
Celle qui s'est endormie

Voir Pandadi coursé par l'autre panda dans les allées du magasin a plongé Émilie dans un état d'hébétude. Il lui faut une bonne minute pour émerger. Sa première réaction a été de consulter la liste des effets secondaires sur la notice de ses comprimés d'Euphytose.

Sa deuxième réaction a consisté à lorgner du côté d'Henri Dalmand qui, entre sa lecture au titre évocateur (*Pénélope et le radada*) et ses prothèses éteintes, ne s'est rendu compte de rien.

Maintenant, la troisième réaction. S'adresser à la vendeuse surmaquillée qui semble avoir le portable greffé à la main.

— C'était quoi ?

Celle-ci hausse ses épaules en formant une bulle de chewing-gum.

Nouvelle œillade à Dalmand qui, imperturbable, s'absorbe dans son ouvrage.

Son smartphone grelotte dans son petit sac à main. Un SMS de François Madral. Il vient aux nouvelles.

Alors, c'est l'éclate ? ☺

Émilie envisage les travées du magasin. Pas l'ombre d'un lecteur de Pandadi à la ronde.

Au début, il y a bien eu quelques personnes, des curieux qui ont reconnu Dalmand. Mais la proximité des articles réservés aux adultes les a gardés d'approcher avec leur enfant. Et si Émilie s'échinait à aller leur rencontre, leur présentant les livres de Pandadi avec la ferveur d'un camelot sur un marché, le peu d'aménité que témoignait Henri Dalmand à leur égard achevait de les décourager. Elle a donc fini par lâcher l'affaire, lasse et déprimée.

Alors, c'est l'éclate ? ☺

L'estomac de l'assistante se tord.

Carrément. Un vrai tourbillon,

écrit-elle en retour de ses doigts tremblants, histoire de ne pas contrarier son patron dont elle connait les difficultés financières. François Madral est un gestionnaire calamiteux mais un patron généreux et sensible. Il ne mérite pas de voir sa maison d'édition péricliter à cause d'un sale type comme Dalmand.

L'amitié qui lie les deux hommes lui est d'ailleurs incompréhensible. Ils sont si différents. Le jour et la nuit ; l'été et l'hiver ; la joie de vivre et la chienlit.

Elle reprend sa place derrière l'escalier et interroge ses choix de carrière. Elle aurait dû écouter son entourage et se lancer dans la finance ou le tourisme. Ou retourner à ses premières amours et accepter ce poste d'écuyère dans le haras de son frère, loin de Dalmand et de sa mauvaise humeur. Sa famille l'avait mise en garde : le monde de l'édition n'offre que des carrières à la trois-huit-douze et l'assurance de se casser les dents. Elle avait cru à de la jalousie.

De la jalousie… coincée dans ce magasin surchauffé, à surveiller un ronchon mal embouché, aussi jovial qu'une pelle à tarte et…

Elle ouvre les yeux, cligne des paupières, légèrement dans les vapes. Elle suppose qu'elle s'est assoupie un court instant. Pas étonnant dans un sauna pareil et avec la quantité industrielle de comprimés qu'elle s'est envoyée. Elle sonde mollement les alentours et bâille à s'en décrocher la mâchoire.

La chaise vide de Dalmand l'éveille tout à fait et la catapulte devant Murielle.

— Il est où ?

Une bulle à la fraise émerge des lèvres rouges de la vendeuse et éclate au nez d'Émilie.

— Toilettes.

— Et vous l'avez laissé partir seul ?

— Je ne vais quand même pas lui tenir la main. Ni le reste d'ailleurs, répond l'autre sur le ton de l'évidence.

La panique envahit Émilie.

— Il est allé de quel côté ? aboie l'assistante.

— Je lui ai dit que c'était au fond, à gauche, derrière l'escalator. Détendez-vous, c'est pas un petit gosse que vous avez là.

— Oh que si. Même pire encore.

Émilie s'élance. Pendant que la vendeuse maugrée qu'il n'y a que des tarés dans le milieu artistique, l'assistante courre entre les rayons, jouant des coudes pour se frayer un chemin à travers les badauds.

Elle pousse la porte des toilettes pour homme.

Personne, évidemment.

Ah si, une peluche Pandadi oubliée dans le lavabo. Une métaphore de son existence, se lamente-t-elle en l'essorant.

– 46 –

Celui qui va se laver les mains

N'importe quoi, grogne Henri Dalmand en son for intérieur, cramponné à la rampe de l'escalator tandis qu'une minuscule jeune femme blonde descend en sens inverse. Pourquoi ne pas mettre des toilettes à chaque étage ? Le camion volé qui fait office de vendeuse lui a pourtant indiqué de prendre l'escalator. Enfin, il suppose compte tenu du fait qu'il n'a pas remis son sonotone en fonction. Pourquoi faire ? Entendre hurler ce monde avarié ? Merci mais non merci, il n'est pas sénile, il est encore capable de trouver les goguenots tout seul.

Il traverse le rayon des jouets, s'attarde devant les gradins vides, l'estrade et le bout de décor de Pandadi que personne n'a jugé utile de retirer. La scène a été nettoyée, les rennes sans tête dégagés. Tombé de rideau. Terminé. Comme pour chacun d'entre nous, tôt ou tard.

Il louche sur la montagne de peluches Pandadi et sur celles qui gisent par terre, abandonnées cul par-dessus tête. Dieu qu'elles sont moches avec leurs yeux globuleux. Enfin, sous réserve que Dieu ait quelque chose à voir avec quoi que ce soit sur cette maudite Terre.

Voilà les toilettes. Au quatrième, donc.

Avec un panneau « Hors service ». Allons bon. Pouvait pas le prévenir, le camion volé ?

Bof. Qu'est-ce que ça peut faire, après tout ? Au moins, personne ne viendra l'enquiquiner, c'ets tout ce qu'il demande présentement, qu'on lui foute la paix.

Il s'attend néanmoins à ce que la porte soit fermée à clé. La trouve ouverte. Entre. Ils n'ont pas l'air si kaput que ça, ces chiottes.

Il se poste devant les lavabos. Cherche à tourner le robinet à déclenchement infrarouge. Jure à haute voix qu'y en a ras le bol de cette technologie aléatoire qui ne se met en route que quand ça lui chante.

Finit par obtenir Dieu sait comment un filet d'eau tiède.

Passe ses mains sous le jet ténu. Ronchonne contre le savon qu'il ne parvient pas à faire couler, regrette les savonnettes d'antan. Retire son appareillage.

Personne ne l'accusera plus d'y mettre de la mauvaise volonté. Quand bien même, qu'est-ce que ça peut faire ce qu'on pense de lui, puisque la vie est une chienne, et que, depuis la mort de Brigitte, ses jours ne valent plus un pet de lapin ?

Il a accepté ce dernier tour de piste pour l'amitié de François. S'il avait su l'énergie que lui coûterait cette tournée promotionnelle, il n'aurait pas remis cent balles dans le bourrin. Il n'est plus armé pour ça. Qu'on lui rappelle sans cesse ce qu'il a été, le truculent, le débonnaire, le foufou Henri Dalmand, le ramène irrémédiablement à ce qu'il n'est plus et à la raison pour laquelle le goût de vivre lui est passé.

En réalité, tout le ramène à elle et, par voie de conséquence, au manque, aux remords, aux regrets et à la culpabilité. La perte de Brigitte a creusé en lui un trou si profond que rien ne peut plus l'atteindre.

Du moins en était-il convaincu jusqu'à aujourd'hui.

Parce que l'absence de lecteurs cet après-midi lui a montré qu'il peut tomber encore plus bas. Henri Dalmand est fini. Il appartient au passé, il n'est qu'une tranche de nostalgie en forme de cassettes vidéo qui se revend par lot dans les brocantes.

Il a tout donné à son métier, ce métier lui a tout pris. Ne reste plus qu'un vieux con désœuvré, une ombre, un fantôme.

Il range sa paire de prothèses dans son étui. Jette l'étui à la poubelle. Puisque le monde n'a plus besoin de lui, il n'a plus besoin de ce monde. C'est symbolique bien sûr, mais le symbole, c'est toujours ça.

Ses lèvres grimacent un sourire chiffon.

Renoncer à son sonotone, c'est renoncer aux dialogues d'Audiard dans les films qu'il aime tant. Quelle connerie. Il finira de toute façon par s'en procurer une autre paire, il possède assez d'argent pour s'offrir une usine de sonotones.

Il plonge sa main dans la poubelle, récupère l'étui et engloutit son regard dans celui de son reflet. Il ne s'aperçoit pas que, dans son dos, trois WC sur quatre sont ouverts. Ce qui mathématiquement revient à une porte fermée.

– 47 –

Celle qui a subitement une conscience

Derrière cette porte fermée, il y a Lucile.

Lucile qui vient de grimper sur la cuvette des WC.

Redoutant d'être alpaguée par des collègues et, ainsi, de voir sa couverture voler en éclat, elle s'est empressée d'abandonner Jérémy sous un prétexte fallacieux et de rejoindre les toilettes du personnel du quatrième étage où elle projetait de rester cachée jusqu'au départ de Dalmand et de son assistante. Avant de s'y enfermer, elle a pris soin de recoller l'écriteau « Hors service ».

Tout à l'heure, elle ne décolérait pas. Jérémy n'était pour rien dans cette histoire, leur cible, c'était Dalmand, le tueur de rêves d'enfants. Jérémy ne faisait que son boulot. Et Damien… il avait pété les plombs. Avait-il réalisé qu'il mettait son boulot en danger ? Comment Charles réagira-t-il en voyant les vidéos de télésurveillance et son protégé déguisé en panda en plein combat de polochons ?

S'était-il seulement rendu compte que, ce faisant, Damien la mettait en danger elle aussi ? Qu'en recevant le message de Murielle, comme quoi un panda géant avait pris Pandadi en grippe et que les deux se livraient une bataille dans le magasin, elle n'avait eu d'autres choix que de sortir de sa cachette pour arrêter les frais ? Et tout ça pour quoi ?

Pour rien au final puisqu'à en croire Murielle, Dalmand avait continué de lire les bouquins cochons comme si de rien n'était.

Elle songeait aussi que Damien perdrait son boulot, par sa faute. Il ne le lui pardonnerait pas. En plus, si l'équipe de Dalmand demandait à voir les enregistrements de surveillance pour porter plainte, ce ne serait qu'une question de jours avant qu'on découvre que Lucile n'est pas Sonia Darc. Et le pire, c'est que rien de tout ça n'empêcherait Henri Dalmand de poursuivre tranquillou son existence de type imbuvable.

Elle se torturait ainsi quand elle a subitement entendu le grincement caractéristique de la porte des sanitaires.

Elle a failli aboyer au Père Noël que ça suffisait bien, de ne pas lire l'écriteau. Comme aucun bruit de grelots ne résonnait, elle a été prise d'un doute. Elle a donc glissé un regard sous la porte.

Ça alors, Dalmand ! Que faisait-il là ? Et l'écriteau ? Être sourd comme un pot ne suffisait pas, il fallait en plus que Môssieu la star soit miro.

Depuis son inconfortable poste de guet, elle a observé l'auteur batailler contre le robinet et le distributeur de savon, retirer son sonotone, le flanquer à la poubelle, le reprendre.

Alors, peu à peu, la colère s'est muée en curiosité.

Quand il s'est mis à scruter son reflet, elle a craint qu'il ne s'aperçoive de sa présence dans le miroir. Elle s'est donc redressée comme un ressort et s'est assise sur la lunette en prenant soin de remonter ses genoux contre elle.

Elle en est là. À écouter Henri Dalmand pleurer.

Son cœur se serre. Des remords commencent à fendiller l'antipathie qu'elle ressent à l'encontre du vieil homme. Ont-ils été trop loin ? Se peut-il qu'un vrai être humain se cache sous cette déplorable méchanceté ?

D'un remord à l'autre, Lucile songe à Jérémy et au mensonge qu'elle lui sert depuis le début de leur relation. L'ironie de sa situation lui apparaît soudain dans une insupportable clarté : après avoir passé quatre années à se lamenter sur la trahison de son ex, c'est elle qui se retrouve dans la position de la traîtresse. Et puis Damien qui n'aura bientôt plus de boulot, à cause d'elle. Son égoïsme lui saute à la gorge. Elle se sent idiote. Elle s'en veut, elle a tout gâché.

Sa conscience lui commande de réparer.

– 48 –

Celui qui se fiche de la vue

Le dernier étage des Grandes Galeries abrite un bar élégant. Les clients y contemplent la vue depuis les fauteuils orientés vers la baie vitrée au son velouté d'un piano. En ce début de soirée, des serveurs se faufilent discrètement entre les tables, munis de coupes de champagne ou de vodka-martini agrémentés d'olives vertes.

Derrière le zinc bardé de bouteilles et d'éclairages tamisés, un barman s'active avec raffinement. De temps à autres, on l'entend fredonner.

En voilà un qui aime son métier, se dit Dalmand en le remerciant d'un signe de tête pour le whisky sec qu'il vient de poser sur un sous-verre en cuir. Triple dose. Ce soir, le septuagénaire en a gros sur la patate. De son existence dédiée à son boulot ne subsiste rien. Il est temps de raccrocher les gants.

Il regarde les bouteilles sans les voir, le buste incliné sur son verre, assis sur un tabouret haut. En ce 23 décembre, la capitale resplendit de lumière malgré la pluie. Dos au paysage, Henri Dalmand s'en contrefiche. Pire, chaque guirlande lumineuse, chaque ampoule, chaque voiture, chaque sourire, chaque note de ce fichu piano qu'il n'entend pas mais dont il ressent les vibrations, chaque action de chaque individu creuse davantage son chagrin. Et ce couple qui partage la paille métallique d'un cocktail multicolore ? Que dire de leurs doigts entrelacés, de leur cou enchâssé, si ce n'est qu'ils lui infligent une douleur atroce, une remémoration de ce qu'il n'aura jamais et de ce qu'il n'a jamais vraiment connu ?

Pourtant, il en a eu des tas, des femmes. Mais des tas de femmes n'ont jamais formé une Brigitte.

Sans faire cas du jeune homme qui vient de s'installer lourdement à trois tabourets de là, l'auteur saisit son portefeuille et déplie la vieille coupure de journal dont il ne s'est jamais débarrassé, vieille superstition d'un homme de spectacle oblige.

Elle date du 19 avril 1983. Le premier article que la presse nationale lui a consacré, assorti d'une photo en pleine page.

Les larmes aux yeux, Henri Dalmand détaille le fringant trentenaire derrière les marques jaunes et les pliures. Où est-il passé ? Comment le reconnaître sous cette carapace de vieux con exécrable ?

Le jeune homme l'aborde. Dalmand fronce les sourcils, il n'a pas entendu ce que l'autre a baragouiné, il n'a aucune envie de causer, l'heure de la représentation est passée, merci et à jamais.

Le jeune gars a la politesse de ne pas insister. Il arrime son regard à une aspérité du comptoir jusqu'à ce que le barman s'adresse à lui. S'engage un échange que Dalmand n'entend pas et dont il se fout, de toute façon.

(— Qu'est-ce tu prendras, Damien ? Une limonade comme d'habitude ?

— Plutôt un truc corsé si tu as.

— Oh là, ça n'a pas l'air d'aller, toi.

— Moyen.)

Une minute plus tard, Dalmand remarque que le barman dépose devant le jeune homme un verre identique au sien, triple dose de whisky sec. Il se détourne et contemple une deuxième photo, affadie par des années passées sous une protection en plastique. François et lui, dix-huit ans en maillot de bain, Biarritz, juste avant l'armée, le regard planté dans l'objectif. Deux zozos fluets comme des harengs mais confiants comme des nouveau-nés. Où se sont envolées ces années et ces deux gamins ? Pas eu le temps de dire ouf qu'ils ont été remplacés par deux croulants, l'un harcelé par les huissiers et l'autre... ah, l'autre.

Il boit une gorgée. Son palais s'enflamme sous l'assaut de l'alcool, un chalumeau dans la gorge. Exactement ce dont il a besoin.

Poursuivant son voyage dans son portefeuille, il examine un troisième cliché. Brigitte. Son anniversaire. Vingt-deux ans. Un nez retroussé. De longs cheveux blond vénitien. Des taches de rousseur parce qu'on était en juillet et que le soleil colorait sa peau.

Elle était enceinte. Elle l'ignorait, comme tout le monde à ce moment-là. S'ouvrait encore l'horizon des possibles. C'est juste après qu'il s'est refermé, d'un coup sec, vlan, comme une porte qu'on vous claque sur le beignet.

Des bulles de plastique gondolent sur la photo. Elles abîment Brigitte et la mémoire d'Henri. De deux doigts malhabiles, l'auteur soulève la pochette et retire le cliché. Il le tient avec précaution, comme s'il s'agissait d'un objet précieux. Il effleure les contours de Brigitte d'un index fébrile avant de frôler l'endroit où le papier a été déchiré. On y discerne le tombé d'une épaule et la moitié d'un verre. C'était du whisky, il s'en souvient.

Coïncidence. Un signe d'elle ? Allez savoir, Brigitte était si lumineuse qu'elle brille encore. Il croit d'ailleurs entendre sa jolie voix le rabrouer et lui commander de regarder autour de lui.

Alors Henri obéit et décale son regard vers son verre de whisky puis vers celui du jeune homme, à un mètre. Il remarque le brouillard de sa mine. Identifie la posture d'un camarade de souffrance. Se revoit. Le même en plus jeune. Tant de fois.

Le jeune homme croise son regard. Dalmand soulève légèrement son verre. L'autre l'imite. Chacun repart ensuite dans ses préoccupations, jusqu'à ce que Dalmand, cherchant un point d'accroche, tonne finalement d'une voix très forte :

— Pas dégueulasse, ce whisky.

Le pianiste en est quitte pour une fausse note. Une dizaine de regards en point d'interrogation convergent en direction de l'auteur.

— Pas mal ? se vexe le barman. C'est du quinze ans d'âge...

—Quoi ? beugle Dalmand qui s'attire une nouvelle salve de regards stupéfaits.

Comprenant la raison de leur surprise, il adresse un signe à la cantonade l'air de dire « attendez deux secondes » et enfile sa paire de sonotones. Ceci fait, il lève son verre vers son compagnon de galère.

— À la vôtre, jeune homme. Sachez que…

… que dans la vie, on est toujours seul comme un gland, s'apprête-il à le prévenir. Mais pressentant que cette phrase, pour véridique qu'elle soit, n'aidera pas à la consolation, il se ravise.

— Non, rien. Mieux vaut laisser tomber les élucubrations d'un vieux trou du cul.

Les lèvres du jeune homme se fendent d'un sourire cailloux. Il lève son verre à son tour.

— Au vieux trou du cul alors ? lance-t-il tristement.

— C'est ça, au vieux trou du cul.

Ils trinquent, chacun avale sa gorgée, le jeune homme grimace.

— C'est fort, hein ? concède Henri, qui se revoit de plus en plus dans ce jeune homme paumé au palais sensible.

Fut un temps, lui aussi avait du mal à avaler du whisky sec. Après, la douleur a tout anesthésiée.

— On s'y fait, promet-il.

Le jeune homme pose son regard sur la photo que n'a pas lâchée l'auteur et commente :

— Elle est très jolie…

Dalmand sourit, les yeux agrafés à ceux de Brigitte.

— N'est-ce pas…

— Votre femme ?

— Même pas en rêve, souffle l'auteur. Avant de corriger : Enfin si, en rêve, c'est tout mon drame.

Il vide d'un trait le contenu de son verre.

– 49 –
Celle qui regarde la pluie tomber

L'eau ruisselle sur la fenêtre de l'appartement de Jérémy. Lucile écoute son petit ami raconter pour la énième fois comment le gros panda s'est précipité sur lui sans raison, comme il a dû se défendre, comme l'autre devait être sonné étant donné la vigueur des coups reçus. Pourtant l'autre mesurait deux mètres pour au moins deux cent kilos, un sacré costaud à l'intérieur du déguisement, sûrement un catcheur, au vu de la technique, ou alors un lanceur de javelot ou un culturiste, rapport à la carrure.

Le téléphone de Lucile sonne.

— Un pro, en tout cas, doublé d'un frappadingue, continue Jérémy. Non mais qu'est-ce qu'il lui a pris, d'un coup ? Remarque, avec ce que je lui ai mis, il n'est pas près de recommencer.

Elle pense à Dalmand et à la scène dans les toilettes.

— Et quel intérêt pour les Grandes Galeries d'avoir deux pandas le même jour ? Forcément que ça allait créer de la concurrence, persiste Jérémy.

Forcément…

C'est fou ce que Jérémy ressemble à son ex. Fut un temps, son ex fiancé avait aussi des velléités de célébrité, ça lui revient maintenant.

— Et le Père Noël, on est d'accord qu'il sentait l'herbe ?

Elle répond distraitement. Sa tête bourdonne de pensées disparates. Elle ressasse sa colère à l'encontre de Damien qui, par sa conduite irraisonnée, a gâché ses chances d'évolution professionnelle, agissements auxquelles sa stupide lubie contre Dalmand l'a poussé. Ses sentiments lui ont brouillé la vue, elle a entraîné son meilleur ami dans cette aventure hasardeuse. Elle s'en veut terriblement. Passe encore qu'elle se mette en danger. Mais elle n'avait pas le droit d'embarquer Damien dans cette galère. Il doit la détester. Dire qu'ils projetaient de passer cette soirée ensemble, la dernière avant le grand départ pour Tours, l'état des lieux de sortie étant prévu le lendemain à l'aube.

— Même dans nos métiers du spectacle, y a une déontologie à respecter, maugrée Jérémy à une Lucile très loin de ces considérations. Franchement, qui embauche un Père Noël défoncé ? Ton téléphone sonne encore. Tu devrais décrocher, c'est peut-être important.

— Bof, c'est ma mère.

Et son père et sa sœur et sa famille parfaite qui insistent, ils seraient si heureux de la recevoir demain soir, son orthopédiste de beau-frère viendrait la récupérer au train si besoin (avec sa nouvelle voiture, précise sa mère dans le message que Lucile écoute par acquit de conscience, une Tesla avec un toit transparent et panoramique, une petite merveille capable de conduire toute seule), Noël c'est en famille, d'ailleurs sa chambre d'ado est prête.

La rengaine habituelle.

Demain, Damien partira. Soit, puisque c'est ce qu'il veut, que c'est mieux pour lui, on ne retient pas les gens contre leur gré, surtout quand on les estime.

— Enfin, je crois bien que j'ai perdu mon boulot sur ce coup-là, se lamente encore Jérémy. Il va falloir que je trouve une autre occasion de me faire un nom. D'ailleurs, je n'ai pas osé te poser la question jusqu'à maintenant mais toi, Sonia, tu n'aurais pas deux ou trois contacts susceptibles de… Aïe, ça fait mal…

Comme faire semblant de l'écouter requiert une concentration qu'elle ne parvient pas à rassembler, elle l'a embrassé sur sa bosse. Elle appose du gel d'Arnica sur l'ecchymose de son bras, lui prépare une tisane et un Doliprane effervescent. Pauvre Jérémy qui ne connait même pas son vrai prénom. Lucile, tu crois sérieusement que cette histoire a un avenir ?

— Je suis content que tu sois là, dit-il en l'embrassant dans le cou. J'avais vraiment besoin de toi, ce soir.

Elle se laisse faire en regardant la pluie battre le carreau.

Demain, Damien partira. Elle perdra son meilleur ami, son confident, la complicité, l'épaule, les éclats de rire. Elle songe à leurs souvenirs d'école, revoit le gamin solitaire et bègue qui passait son temps à trifouiller les éclairages. Lui, grimpé sur le toit de l'école pour la transformer en palais des contes de fées en guise de projet scientifique. Lui, qui lui envoyait des messages en morse de sa chambre d'adolescent à la sienne à l'aide d'une lampe torche. Lui, qui avait fait péter les plombs de tout le village à cause d'un mauvais raccord. Lui, qui a toujours éclairé son existence d'une lumière un peu magique.

Apprendre à vivre sans Damien. Cheminer dans une existence moins lumineuse. Il est temps de grandir, Lucile.

Les baisers de Jérémy suivent la route de sa clavicule, montent et descendent sur la mer de son épiderme. Se peut-il que ?

Elle donnerait cher pour avoir une boule magique sous la main. Être guidée.

Elle repousse gentiment Jérémy et, d'une voix désolée:

— Il faut que je t'avoue quelque chose.

– 50 –

Celui qui court sous la pluie

— Même pas en rêve. Enfin si, en rêve, c'est tout mon drame.

Dalmand achève son whisky cul sec.

— Et vous ? Vous aussi, c'est une femme qui vous… ?

Le vieil homme a désigné le verre, les épaules lestées du poids de la misère du monde, la mine chafouine, les yeux, le cœur meurtris, enfin tout ce qui, présentement, constitue Damien.

Qui confesse que oui, lui aussi.

— Aïe, répond l'homme qui, d'un signe au barman, commande un autre verre.

Damien soupire, les yeux agrafés au revêtement du bar.

— Ouais, aïe, comme vous dites.

— Vous n'auriez pas envie d'en causer avec un vieux schnock ?

Damien observe le profil du septuagénaire. Il a reconnu la vedette au premier coup d'œil. Il ressent une incongruité à se retrouver là, assis à côté de la star qui a égayé ses mercredis d'enfance et qui, aux dires de Lucile, n'est qu'un minable, imbu de sa personne. Son regard tombe dans le verre dont il effleure les bords, machinal.

— Comment vous pourriez comprendre ? Avec votre notoriété… Vous n'avez pas dû rencontrer beaucoup de problèmes de cœur. Toutes ces conquêtes avec lesquelles vous vous pavaniez dans la presse. Les types comme vous, c'est…

Le vieil homme plisse les yeux.

— Ah, les types comme moi…, soupire-t-il. Figurez-vous que les types comme moi sont des types comme les autres. En pire, pour la plupart.

Il trempe ses lèvres dans le verre que le barman vient de déposer devant sa main. Damien présente ses excuses, il ne voulait pas le vexer. L'autre le disculpe d'un geste de la main.

— Je ne l'ai pas volé. Je me suis longtemps planqué derrière le fait d'être justement un type comme moi. J'étais convaincu que ça m'exonérait d'un certain nombre d'obligations envers mes contemporains. Que ça m'autorisait à être un mufle.

— Vous avez changé d'avis ?

— Paraît qu'y a que les cons qui changent pas d'avis.

Un silence entre les deux hommes, traversé par la douce mélodie du piano et les tintements feutrés des verres. Puis, de nouveau, la voix grave, profonde d'Henri Dalmand :

— J'ai mis mes prothèses auditives, profitez-en. Je ne vous serai sûrement d'aucune aide mais je trouverai bien quelques conseils de vieux croûton à vous débiter que vous ne voudrez pas suivre. Un autre verre ?

Damien réalise qu'il a terminé son verre sans même s'en rendre compte. Il opine. Un verre plein remplace le verre vide. Le whisky se fraie un chemin dans le gosier de Damien de plus en plus facilement. Si chaque nouvelle gorgée adoucit la puissance de l'alcool, elle tiédit surtout la douleur. Dalmand avait raison.

— Bon, alors, vous passez aux aveux ou faut que je vous tire les vers du nez ?

En fond, le pianiste entame la partition de *My way*.

— Bof, sourit Damien à son verre, pour ce qu'il y a à en dire… J'aime une fille qui en aime un autre. Et ce soir, je l'ai tout à fait perdue parce que j'ai fait n'importe quoi. Demain je m'en vais. Elle ne me retiendra pas. Fin de l'histoire.

Aucune réaction de la part de Dalmand. Damien esquisse un sourire triste dans le vague et conclut :

— Rien d'exceptionnel, quoi.

Henri Dalmand parait loin tout à coup. Le regard embourbé dans l'ambre du whisky, l'esprit vagabond, à des années-lumière de ce bar, du pianiste, des bouteilles dans le dos du barman, des lumières de Paris. Où s'est-il égaré ?

— Est-ce que tout va bien ? s'enquiert Damien en s'apercevant que l'homme a les larmes aux yeux.

— Elle le sait ? s'anime soudain l'auteur.

Damien fronce les sourcils sans comprendre. Dalmand insiste.

— Est-ce qu'elle le sait, que vous l'aimez ?

— Non mais à quoi bon le lui dire maintenant ? Puisque de toute façon, je déménage et puis…

Damien a un geste d'agacement. Les mots lui échappent. La faute à son cœur lourd, ses idées sombres, ce piano déprimant et la torpeur qui le gagne.

— Et puis quoi ? fait Henri.

— J'ai toujours été timide. Depuis tout gosse. Voilà, il est là mon drame, à moi. J'ai essayé de lui écrire cent fois. J'ai appelé et au dernier moment, j'ai raccroché ou j'ai inventé un bobard. Je ne suis pas comme vous, les mots, les grandes déclarations, tout ça, ce n'est pas mon truc. Ça ne sort pas. Ce monde n'est pas fait pour les timides.

— Timide ou lâche ?

Damien reste interdit une poignée de secondes avant de rentrer la tête dans les épaules. Un aveu physique avant la confession verbale qui s'ensuit :

— Timide au début, peut-être lâche maintenant, avoue-t-il. J'ai loupé le coche. Elle recommence à peine à être heureuse, je ne vais pas surgir et gâcher sa vie maintenant.

L'homme inspire une longue bouffée d'oxygène. Il semble regarder son verre sans le voir.

— Jeune homme, laissez-moi vous raconter les aventures d'un pauvre imbécile qui a passé sa vie à aimer la femme d'un autre. Je vous préviens, c'est une histoire désolante.

Henri Dalmand entame le récit de ses souvenirs tandis que les doigts du pianiste courent sur l'instrument, enfonçant les touches avec de plus en plus de conviction.

Les dix-huit ans de Brigitte avaient surgi à la Ferté un matin d'été. La jeune fille passait ses vacances chez une cousine, François et Henri revenaient de l'armée et prévoyaient de rester plusieurs semaines chez leurs parents avant de s'établir pour de bon à Paris où les attendait une existence pleine de promesses.

Henri Dalmand n'était pas tombé amoureux d'elle tout de suite. François Madral, si.

Le trio était inséparable. Henri observait son ami se débattre dans les affres de l'amour et lui donnait des conseils de séduction plus ou moins avisés.

Évidemment, il était à son tour tombé sous le charme de cette douceur blonde aux yeux océaniques. Mais par loyauté à l'égard de son meilleur ami, il s'était tu. Et tandis que Brigitte et François se rapprochaient, le cœur d'Henri s'émiettait en silence. Il se consolait en se disant qu'il ne s'agissait que d'une passade, une amourette sans lendemain et que le jour où les deux tourtereaux se sépareraient, il serait là pour prendre la main de Brigitte.

L'été s'était achevé, l'automne et l'hiver étaient arrivés, encore un nouvel été, François aimait Brigitte, Brigitte aimait François et Henri, tout sourire au-dehors, crevait au-dedans. Il était un comédien né, faire semblant était dans ses cordes.

Il se promettait qu'un jour il avouerait ses sentiments à Brigitte. Mais il repoussait sans cesse l'échéance. Point de sacrifice ici : la lâcheté avait peu à peu remplacé la loyauté. À force d'occasions ratées, il avait manqué sa chance.

— Ce fameux coche, comme vous dites.

Premiers succès. Henri était doué, ambitieux, belle gueule et charisme, un sens inné de la répartie, un don pour l'improvisation, pas trop con ce qui ne gâchait rien. Il savait saisir les opportunités, les provoquer si nécessaire.

Les salles s'étaient agrandies, des producteurs de plus en plus en vue s'étaient radinés.

Brigitte était tombée enceinte de François, Henri s'était noyé dans le boulot. Son métier le comblait. Comme si l'univers magnanime, cherchant à se faire pardonner, lui octroyait d'un côté ce qu'il lui retirait de l'autre.

Du *one man show*, Henri était passé au music-hall, une petite guitare, des chansons humoristiques. La scène le transfigurait, les projecteurs réchauffait sa solitude. Fait pour briller, comme on dit. La télé était venue à lui comme une évidence. En plus du reste, Henri Dalmand s'était révélé rudement télégénique.

Témoin au mariage de François et Brigitte. Parrain de leur fils unique. Henri Dalmand était de toutes les étapes, sur toutes les photographies. Les Noël, les anniversaires, les rentrées des classes, les bobos du filleul.

Un frère, disaient de lui Brigitte et François.

Bourreau de travail, bourreau des cœurs, cavaleur comme pas possible, il les lui fallait toutes. Toutes pour oublier la seule qui comptait réellement. Une vie à mille à l'heure pour combler l'incommensurable vide.

Son filleul était le fils qu'il n'avait pas eu. Une tendre complicité unissait le petit garçon et l'homme toujours prêt à blaguer, à aider, à consoler. Un tonton puissance un million.

Remarquant le lien étroit qu'il entretenait avec son filleul, on avait déduit qu'Henri Dalmand avait un don avec les gosses. On lui avait proposé une émission hebdomadaire. Trois heures de direct chaque mercredi devant un parterre d'enfants survoltés. Il avait accepté avec entrain. Faire le guignol valait mieux que se morfondre.

Trois décennies de succès jamais démentis. Des générations de téléspectateurs. Il avait vu les dessins animés virer 3D, les réclames se moderniser, Internet envahir le monde.

Les rides avaient flétri les visages et les corps, le filleul était devenu papa, mais les yeux océan de Brigitte non, les yeux océan étaient restés les mêmes, le regard ne vieillit pas.

Il y a quatre ans, Henri avait enfin pris la résolution qu'il avait repoussée toute sa vie : ne plus remettre aux calendes grecques. Il avait choisi de tenter d'être heureux, quitte à perdre son ami, quitte à tout perdre. Avouer à Brigitte ses sentiments. Ne rien lui demander, ne l'obliger à aucun choix, juste se dévoiler pour se débarrasser de l'impression poisseuse de n'être qu'un traître.

Et qui vivrait verrait.

Il avait donné rendez-vous à Brigitte dans un petit bistrot près de Montparnasse.

Puis, François, anéanti au bout du fil : Brigitte avait eu un accident, renversée par un bus dans le quartier Montparnasse.

Morte par la faute d'Henri. Et l'explosion de la vie de son meilleur ami en prime.

« Qu'est-ce qu'elle fichait à Montparnasse ? » avait sangloté François dans ses bras, face au cercueil de son épouse.

Impossible de lui répondre que c'était lui qu'elle venait rejoindre. Alors tant pis, garder ça au fond, tout au fond.

Depuis ?

Depuis, cette culpabilité écrasante d'avoir arraché une mère à son fils unique, une grand-mère à ses petites-filles, d'avoir rendu son meilleur ami veuf, d'avoir trahi ceux qui comptaient, ce goût pourri dans la bouche, l'impossibilité de mettre un pied devant l'autre, ce couillon de Sinatra, le monde qui tournait à l'envers, le printemps en noir et blanc, enfin, toutes ces conneries.

Henri Dalmand n'avait pas revu son filleul après l'enterrement de Brigitte. Il prétextait des affaires urgentes, décommandait au dernier moment les invitations qu'il n'avait pas su refuser, ne décrochait pas le téléphone, répondait aux SMS par quelques mots laconiques. Comment désormais regarder dans les yeux celui qui lui avait toujours voué une confiance absolue ? Comment affronter ceux qui vous aiment parce qu'ils ignorent le salaud que vous êtes ?

— Filez-moi un autre verre, ordonne Henri au serveur. Et dites à votre pianiste de changer de disque, on va finir par se tirer une balle s'il continue.

Dalmand revient à Damien :

— Je vais vous avouer un truc : une partie de moi croit que Brigitte m'aurait suivi, ce soir-là.

Dans leur dos, Paris se floute, les gouttes de pluie s'aimantent et les lumières se diluent dans de petits torrents.

— Et l'autre ? fait Damien, bouleversé par le fardeau de cet homme qui a tout réussi sauf l'essentiel.

— Aucune idée, je l'écoute pas.

Damien ne sait pas quoi répondre. D'ailleurs, il le lui dit, qu'il ne sait pas quoi répondre.

— Y a rien à répondre. Mais si j'étais vous, j'attendrais pas un demi-siècle avant de me déclarer. Enfin, c'est à vous de voir.

Là-dessus, l'auteur se lève, enfile son manteau et règle la note. Damien l'observe, sans bouger, pétri de commisération à l'égard de cette existence gâchée par les non-dits que l'homme lui soumet comme un exemple à ne pas suivre. Des idées contradictoires se chevauchent dans la tête du jeune homme. La peur d'avouer son amour le tétanise.

— Y a pas que les mots dans la vie, articule Henri Dalmand en se retournant au bout du comptoir, comme s'il avait suivi le cours des pensées de Damien.

Il disparait dans le couloir.

Sans doute pénètre-t-il dans la cabine d'ascenseur, sans doute appuie-t-il sur le bouton du rez-de-chaussée, sans doute remonte-t-il son col en atterrissant sur le trottoir. Peut-être qu'il se mouche à cause de l'émotion. Damien n'en sait rien, tout immobile qu'il demeure sur son tabouret, *My way* en fond sonore.

La musique cesse. L'abrupt silence réveille Damien. Tout à coup, il se propulse dans un des ascenseurs. Inquiet de perdre Henri, il gagne la sortie en courant, regarde à gauche, à droite, à la recherche d'une silhouette élégante. Il ne sent pas la pluie. Un bus éclabousse le caniveau, des voitures s'immobilisent au feu rouge, des parapluies traversent la rue, des pigeons sous un porche attendent que le déluge cesse.

Il le repère sur le point de s'engouffrer dans un taxi. Hèle : « Monsieur Dalmand ! ». L'autre n'entend pas. « Henri, attendez ! », crie Damien. La portière claque. Il court et tape au carreau alors que la berline s'écarte du trottoir.

La vitre teintée descend sur la figure en point d'interrogation du septuagénaire.

— Et vous ? ahane Damien. D'accord, vous ne pouvez pas ramener Brigitte. Mais la culpabilité n'est pas une fatalité. Il existe forcément un moyen de vous en alléger un peu. En la partageant par exemple.

— Jeune homme, vous me voyez toquer à la porte de mon meilleur ami et de son fils pour leur raconter ça ? Comment voulez-vous que… ?

— Lâcheté ou timidité ? le coupe Damien, trempé comme une soupe.

À l'abri dans son habitacle sombre, l'autre hoche la tête. La ville ébauche des lumières sur son visage.

— Et pourquoi pas ? Qu'est-ce que vous risquez ? qu'ils vous pardonnent ? À moins que vous craigniez de vous pardonner à vous-même ?

Vacarme de circulation, tapage de pluie sur le bitume, un klaxon au loin, des gouttes sur le front et le nez de Damien. Les deux hommes se fixent sans un mot. Un léger sourire passe de l'un à l'autre. La vitre remonte. Damien recule d'un pas et le taxi démarre pour de bon.

– 51 –
Celui qui roule en taxi

— Dalmand ? Comme le Henri Dalmand de la télé ? s'exclame les yeux brillants du chauffeur dans le rétroviseur du taxi.

— Non, comme Roger Dalmand, des ressources humaines.

— Ah bah ça m'arrange alors. Parce qu'avoir une célébrité dans sa voiture, c'est toujours un petit coup de pression malgré tout. En cas d'accident, je veux dire. Je m'en voudrais d'être celui qui balance une star dans le décor… enfin, c'est pas que je vais nous planter exprès hein, je tiens à mes clients, célébrité ou pas, je fais pas de différence. Et puis, on m'attend chez moi. Mon grand, il part en stage dans deux jours. Trois mois à Bucarest. Pour parler l'anglais. Après, c'est comme j'y ai dit, pourquoi qui part pas en Angleterre, à ce compte-là autant apprendre le chinois en Nouvelle Guinée, vous êtes pas de mon avis ?

Coup de frein.

— Qu'est-ce qu'elle fabrique, cette tête de nœud ?! Et bah vas-y, passe maintenant ! Ouais, c'est ça, merci bien. C'est pareil à chaque fois qu'il pleut, trois gouttes d'eau et le Parigot, ça sait plus tenir un volant. De toute façon, je suis pas Parisien, je viens de Mulhouse, là-bas, c'est…

Las, Henri ôte ses prothèses auditives et se retire de nouveau en lui-même. La circulation est dense, il y a des embouteillages, des feux tricolores en pagaille, la buée recouvre les carreaux, le chauffage tourne à plein régime. La fatigue gagne l'auteur, bercé par les cahots du véhicule.

Tiens, on dirait que le chauffeur a cessé de bavasser. Plus d'œillade dans le rétro. C'est écrit RMC sur l'écran du tableau de bord. Il y a certainement de la musique mais Dalmand ne peut en être certain. Il s'en fout, à vrai dire.

S'être confié à ce blanc-bec l'a épuisé. Il ne sait pas si cela lui a fait du bien ou du mal, il est à cheval entre les deux sensations, soulagé d'un poids et alourdi d'un autre.

« Qu'est-ce que vous risquez ? qu'ils vous pardonnent ? À moins que vous craigniez de vous pardonner à vous-même… »

Dans le fond, ce jeune homme n'a pas tort. C'est une question qui se pose, en effet. Depuis cinquante ans qu'Henri cache son secret, il a eu le temps de s'y habituer. Aimer sans être aimé en retour est une manière de vivre comme une autre. On peut marcher longtemps avec une épine dans le pied. Au début ça charcute. Puis on s'habitue, on compense, on s'arrange. Le jour où l'épine disparaît, on n'est plus fichu de marcher correctement. Le chagrin est un carburant. Si le réservoir est à sec, il faut le remplacer. Mais par quoi ?

Et puis, à quoi bon révéler à François que celui qui se prétend comme son meilleur ami est à l'origine de l'accident de Brigitte ?

Nouveau coup de frein. Aux gestes agacés du conducteur, Henri devine qu'on vient d'éviter l'accrochage de justesse. La vie est courte, et longue, et courte. Son filleul lui manque. Il est devenu papa, des jumelles. Henri ne les a jamais rencontrées. Il s'est défaussé à chaque fois. Il leur envoie des cadeaux à Noël, une façon d'avoir la conscience tranquille, de faire son boulot de loin. Ce soir, il se demande à quoi ressemblent les deux fillettes. Elles ont les yeux de leur grand-mère, d'après François, des petites Brigitte, tu verrais leur frimousse.

Sacré François. Si fort, si partisan de la vie, un emmerdeur de première, son rival, son frangin de cœur.

La voiture s'arrête sur le bas-côté. La façade de l'immeuble d'Henri se dresse derrière les rigoles de pluie sur la vitre. Le chauffeur prononce des paroles qu'Henri n'entend pas.

— Ne vous arrêtez pas, exige l'auteur d'une voix de stentor.

Roulez, emmenez-moi, parce que je ne supporterai pas d'être seul entre ma tranche de pâté et mon ballon de rouge.

Il ne le dit pas mais il le pense. Comme l'autre lui oppose une paire de sourcils froncés dans le rétroviseur, il ajoute, toujours très fort rapport à l'absence de sonotone :

— Roulez où ça vous chante. Mais Roulez. S'il-vous-plaît.

La voiture repart. De nouveau les mouvements doux de la berline, l'intitulé de la radio sur l'écran du tableau de bord, les gouttes qui s'attirent sur la vitre, le reflet des néons sur son visage et ses mains, la chaleur assommante de l'habitacle.

C'est par hasard, si tant est que rien d'autre ne préside aux destinées humaines, que la voiture dépasse le domicile de François.

— Arrêtez-vous ! beugle tout à coup Henri.

L'autre a tressailli sur son siège avant, manquant de donner un coup de volant.

Les mocassins d'Henri atterrissent dans le petit torrent du caniveau. Le flot se divise aussitôt et serpente autour des chaussures qui baignent. Les chaussettes du septuagénaire sont trempées. Idem pour ses cheveux blancs, plaqués sur son crâne d'ancien bambocheur. Dans son dos, la voiture s'en va. Il avise les fenêtres de son ami. Remarque que le salon est éclairé. Extirpe son téléphone de sa poche.

— Allo ? Allo ! ALLO ? Grrr, attends, quitte pas.

Il cale son smartphone dans son cou, bougonne contre ses prothèses coincées dans leur étui, les agence dans ses oreilles, reprend le bigophone :

— Je suis en bas.

Il recule d'un pas pour se placer dans le champ de vision de François dont la silhouette s'encadre dans la fenêtre.

— Voilà, coucou, c'est bon tu m'as vu ? Non, je sonne pas à l'interphone, vaut mieux que tu descendes. Non, j'ai pas faim. Oui, je sais bien que ça caille, je suis dehors figure-toi. Enfile ta petite laine et rejoins-moi sur le trottoir.

Il voit la fenêtre s'ouvrir et la main de son ami, tendue, jauger l'air.

— Oui il pleut et non, j'ai pas de parapluie. Qu'est-ce que j'en sais si un cigare ça s'éteint sous la pluie ? Bon, tu comptes pinailler longtemps ou tu te radines ?

Deux minutes plus tard, François pousse la porte cochère. L'éditeur lève les yeux au ciel. Nez froncé et mine peu amène, il estime l'intensité de l'averse avant de s'adresser à Henri, mouillé jusqu'à l'os.

— C'est parce que tu as vu trop de monde aujourd'hui que tu veux te refroidir ? Émilie m'a raconté que cette journée aux Grandes Galeries avait été folle.

— Pour une fois que je suis d'accord avec elle....

Une expression suspicieuse recouvre les traits de l'éditeur.

— Henri, qu'est-ce que tu as encore fait ?

— Rien du tout.

— Elle démissionne, Henri.

— À la bonne heure, elle était pas douée…

— Peut-être mais elle avait le mérite de te supporter, soupire François, et ça, crois-moi, ce n'est pas donné à tout le monde. Je ne peux pas passer ma vie à nettoyer les dégâts derrière ton passage, tu sais.

— Je sais, répond Henri, le regard cloué à un emballage piégé dans une grille d'égout. C'est moi qui vais balayer cette fois.

— Ce qui signifie ?

— Viens, on marche.

De nouveau, l'éditeur a ce geste de tendre le bras en avant, comme si ses doigts étaient équipés d'un mesureur de précipitation.

— Il pleut…

— Et après ? Ça fond pas, les grosses bêtes comme toi, raille Henri.

Les deux hommes s'éloignent sur le trottoir trempé. On les voit ralentir puis s'immobiliser. Seul Henri parle. Il cause longtemps et se tait, penaud, le front baissé.

Les deux hommes se remettent à marcher, côte à côte. Une dizaine de pas tout au plus. Ils gardent les mains dans les poches, leur silhouette est un peu voûtée par les années et le reste.

C'est François qui s'arrête le premier. François qui pose la main sur l'épaule d'Henri. Avant de le prendre dans ses bras, alors qu'une voiture indifférente s'arrête au feu orange.

L'étreinte virile s'accompagne de petites tapes dans le dos, ces deux-là ne sont pas adeptes des grandes effusions, ils ont l'amitié profonde mais pudique.

Dans la voiture qu'ils n'ont pas vue se trouvent deux employés des Grandes Galeries. Ils sont voisins alors ils font du covoiturage. Quand on les a appelés pour un spectacle inédit, ils n'ont pas hésité.

– 52 –

Celle qui achète des pains au chocolat

L'histoire de Jérémy et Lucile s'est achevée sur la confession de son mensonge. Elle n'est pas Sonia Darc, elle n'est que Lucile, vendeuse aux Grandes Galeries, docteure ès sabotage, ceinture noire de mauvais choix. Mieux vaut arrêter les frais ici.

— Tu es un type bien.

Jérémy s'est accommodé de cette conclusion. Il ne lui tient pas rancune de sa dissimulation, il a compris l'enchaînement des événements, a même salué l'aplomb de Lucile et ses qualités d'actrice.

— Tu devrais en faire quelque chose. Il y a peut-être un créneau pour toi dans le cinéma.

Lucile a répondu sans conviction qu'elle y songerait.

Fidèle à lui-même, Jérémy n'a pas lutté, n'en a eu ni l'idée ni l'envie. Il a déjà hâte de connaître la prochaine étape. Demain, il passe un nouveau casting. Une publicité pour du fil dentaire.

Il n'a pas retenu Lucile, Lucile n'a pas cherché à se faire retenir. Il a proposé de la raccompagner chez elle sur un Vélib', galanterie oblige. Elle a répondu non merci, elle préférait marcher.

Sur le seuil, ils ont échangé une bise tendre, à la manière dont s'embrassent deux anciens amants ayant connu promiscuité plus intime. Ils se sont souhaité une bonne continuation, se sont promis pour la forme de se donner des nouvelles de temps en temps.

Elle a descendu l'escalier, poussé la porte, gagné la rue, soupiré à cause de la pluie, ouvert son parapluie rouge.

Fin ordinaire d'une histoire pas sculptée pour l'éternité, sans tambour ni trompette puisqu'il n'a jamais été question d'amour entre ces deux-là.

On en est là.

Lucile est seule chez elle, soulagée et vaguement triste. Soulagée parce que cette histoire avec Jérémy n'avait ni sens ni saveur, que mentir n'est pas dans son tempérament et que sa conscience est en paix à présent.

Triste parce qu'elle se demande ce que fait Damien. Dort-il sur son sofa défoncé vu que tout le reste est déjà dans sa nouvelle vie, à Tours ? Elle l'imagine se tourner et se retourner, se débattre sous un plaid trop court. Elle voudrait l'appeler, comprendre pourquoi il s'en est pris à

Jérémy et s'il a déjà ressenti à son égard ne serait-ce qu'un millième de ce qu'elle réalise ressentir.

Elle l'aime, l'a sans doute toujours aimé.

Elle se ravise, c'est tant pis, ou trop tard et, de toute façon, il aime les garçons. Elle prend une douche. Se sèche. Se couche sur son canapé, télévision allumée, rétrospective des années 90, tiens, Dalmand et sa bande de joyeux lurons, comme il était jeune à l'époque, cet homme qu'elle a vu pleurer.

Lucile voit défiler les heures sur son smartphone. Des images des Grandes Galeries peuplent les réseaux sociaux et la retiennent captives. Un algorithme facétieux ou judicieusement programmé place devant ses yeux des photos de Jérémy après la bataille. Il prend de ces poses…

Ces photos-là ! La jeune fille aux cheveux courts et au parapluie rouge ! C'est donc elle, Sonia Darc… Lucile ne l'imaginait pas ainsi. Mais pourquoi ne s'est-elle pas manifestée ? Elle a sûrement ses raisons. D'ailleurs, son compte a changé de nom. Il ne s'appelle plus @Sonia_Darc mais @Sonia_Hop_et_un_peu-Darc. C'est drôle, comme pseudo d'influenceuse.

N'empêche, elle a filmé la course-poursuite des deux pandas à travers les allées. Les vidéos tournent, reprises dans le monde entier, comme en témoignent les commentaires en arabe, en coréen, en russe. Une sacrée publicité pour les Grandes Galeries et un énorme bond en avant pour Sonia Hop et un peu Darc, désormais suivie dans le monde entier et dont le nombre d'abonnés dépassent le million.

Lucile pouffe de rire en découvrant les vidéos, les chutes de l'un et de l'autre, les gestes empêtrés, les coups de coussins ridicules. Irrité de rebondir contre le ventre de sa maîtresse, Micha-la-paupiette descend perpétuer sa nuit sous la commode. Où un clignotement intempestif assorti à une petite musique accroche soudain l'attention de Lucile.

Il s'agit d'un stylo fantaisie que la patte du chat aura sans doute activé. Sûrement un des trésors cachés par Damien que Lucile, prise par les récents événements, a négligé de chercher.

Et Lucile rit. À en pleurer. Les larmes peu à peu changent de couleur.

À quatre heures du matin, elle n'y tient plus. Il faut qu'elle voie Damien, qu'elle lui dise au moins au revoir. Non, à la réflexion juste au revoir, rien d'autre puisqu'il n'y a rien d'autre à espérer.

Elle enfile un jogging, une paire de baskets, son manteau, son bonnet. Grelotte dans la nuit glacée. Souffle sur le bout de ses doigts blancs de froid, sent le givre s'accrocher à la laine de son bonnet, achète des pains au chocolat dans une boulangerie ouverte 24/24.

Interphone. Le cœur qui bat. Pourquoi faut-il être sur le point de perdre ceux qu'on aime pour prendre conscience de leur valeur ?

Elle sonne. Sonne.

Il n'est pas là. Sûrement parti fêter son départ. Une seconde, elle a l'idée de l'appeler ou de l'attendre, l'état des lieux est programmé à sept heures, c'est un garçon ponctuel, il va arriver.

Oui non. L'appeler ou pas. Rester. Partir.

L'incertitude, toujours.

L'idée lui vient de chercher une application « boule magique » sur son téléphone. Bien vu. L'application se télécharge et Lucile la consulte aussitôt.

« Est-ce que je dois l'attendre ? »

Non,

répond la boule sur l'écran.

Lucile rebrousse chemin en mordant dans un pain au chocolat, le cœur gros mais ça vaut mieux, les adieux, c'est toujours naze, ça nous donne l'air idiot, embarrassés des mots qu'on n'ose pas dire mais qu'on dit quand même avec les yeux. Elle l'appellera d'ici quelques jours pour savoir comment s'est déroulé son emménagement et si ses nouveaux collègues sont sympas.

Soudain, son téléphone s'anime. Un MMS provenant d'un numéro masqué. Une photo de la façade des Grandes Galeries fermées.

Impossible de répondre. On ne répond pas à un numéro camouflé.

– 53 –

Celle qui a les larmes aux yeux

La neige. Les flaques d'eau figées en verglas.

Le froid cueille Lucile au sortir de la voiture. Des pompons de fumée s'échappent de ses lèvres entrouvertes.

Depuis le trottoir d'en face, elle ne voit rien qui justifie sa venue. Tout semble normal, ordinaire. Des rideaux métalliques sur les portes des Grandes Galeries. Dans les vitrines éclairées, des marionnettes effectuent leur ballet automatisé au bout de fils de nylon. Aucun spectateur n'assiste à leur chorégraphie : à cette heure de la nuit, le trottoir est désert à l'exception d'une dame et de deux yorkshire en manteau.

Lucile suppose une erreur de destinataire, la coïncidence aura voulu que cette photo des Grandes Galeries atterrisse dans le téléphone d'une des employées. Une parmi des centaines. Statistiquement défendable.

Elle s'apprête à commander un VTC quand un point lumineux sous le store de l'entrée attire son attention.

Elle traverse.

S'aperçoit qu'il s'agit d'une flèche, tracée à la peinture phosphorescente.

Intriguée, elle suit la direction. Cela ne lui est probablement pas destiné mais qu'importe puisqu'elle est là et qu'elle n'a rien d'autre à faire si ce n'est déprimer.

À chaque bifurcation, un signe discret sur un poteau, un pan de mur, un réverbère. On dirait un parcours de randonnée. Elle n'excelle pas dans les courses d'orientation mais elle se prend au jeu, ça lui rappelle les chasses au trésor que lui organisait Damien dans son appartement, enfin on n'y revient toujours, au manque qui s'annonce et à l'amour qu'elle va devoir étouffer.

Les marques la conduisent au banc. Leur banc. Celui sur lequel Damien et elle ont déjeuné un milliard de fois.

Et au dossier de ce banc, un petit sac en plastique noué par les anses. C'est écrit « Prends-moi » à l'encre phosphorescente.

Elle n'est sûrement pas la personne attendue. Alors, prendre ce sac ou non ?

L'application boule magique qu'elle consulte est formelle :

Absolument pas.

Tant pis. Repartir.

Oui mais la curiosité est forte, sans compter que quelque chose à l'intérieur d'elle lui commande de jeter un œil, pour être sûre.

Alors éteindre cette fichue application, faire fi de cette satanée boule qui n'a rien de magique et, pour une fois depuis un bail, s'écouter. Elle enfonce le téléphone dans sa poche et s'empare du sac. À l'intérieur, une lampe torche. Et, scotché sur le manche, un message : « Porte de service ».

Preuve que ce n'est pas pour elle… À moins que… On peut toujours essayer, même si… Elle se dirige vers la porte de service des Grandes Galeries, vraisemblablement un coup dans l'eau puisqu'impossible à ouvrir de l'extérieur.

Sauf qu'un petit caillou retient la porte. La peur au ventre de franchir un interdit, la tête remplie des risques qu'elle encourt (encore !), elle tire la porte et pénètre dans le magasin fermé. Scotchée sur le métal intérieur de la porte, la phosphorescence d'un nouveau message : « Suis les lucioles ».

Elle balade son incrédulité sur le décor plongé dans l'obscurité, à l'exception des abords des issues de secours matérialisée par des veilleuses vertes.

En haut d'une armoire métallique, elle remarque un petit personnage phosphorescent identique à ceux qu'elle collectionnait dans les paquets de lessive.

Elle s'approche, un léger sourire aux lèvres en raison des réminiscences qui remontent, se hisse sur la pointe des pieds et frôle la luciole. Le contact avec le plastique lisse et tiède l'emporte à des années de là. Elle a soudain six ans et elle serre dans sa main le personnage luminescent pour chasser le monstre sous son lit… et les éclats de voix de ses parents…

Sa mémoire l'étonne, elle ne se rappelait pas que ses parents se disputaient.

Elle pivote, troublée, lorsqu'elle aperçoit une autre luciole à l'angle d'un couloir.

En la touchant, un autre souvenir jaillit et la téléporte dans son enfance. Elle se revoit épiant sa sœur depuis l'entrebâillement de la porte de sa chambre. Sa sœur qui pleure à chaudes larmes parce que ses camarades la détestent. Et elle, marmonnant une prière avec sa luciole dans les mains : « S'il-vous-plaît, faites que ma sœur soit heureuse plus tard. ».

Elle avait oublié ça aussi. Que sa sœur avait été malheureuse. C'est dingue ce qu'on oublie. Ou ce qu'on choisit d'oublier pour coller au récit qu'on se raconte.

Mais le souvenir est de courte durée. Parce que d'où elle se trouve, Lucile voit s'ouvrir devant elle le long couloir qui mène à l'entrée du magasin. Tous les deux mètres, une luciole. Son cœur bat la chamade, elle a la sensation que des créatures magiques lui montrent la route. Elle accélère, sans peur désormais.

En passant, elle coule une tête dans la salle du vestiaire. Où l'attend une luciole. Combien d'heures passées avec Damien ici ? Damien et ses cappuccinos, Damien et sa bonne humeur, Damien et sa tendresse… La nostalgie l'étreint si fort qu'elle en a les larmes aux yeux.

De retour dans le corridor, elle suit les lucioles jusqu'à la grande porte qui conduit à la boutique, habituellement condamnée par une chaîne en dehors des heures d'ouverture. Pas cette fois.

« Pousse » s'écrit en lettres phosphorescentes. Alors elle pousse.

Le magasin est désert, fermé, plongé dans le noir.

— Y a quelqu'un ?

Pas de réponse. À quelques mètres, se dressent les silhouettes des mannequins du rayon prêt-à-porter. Une légère appréhension se niche entre ses côtes. Enfant, elle craignait que les objets profitent de la nuit pour s'animer. Elle n'a pas tant changé. Les années passent, l'enfant qu'elle a été demeure.

Elle allume la torche. La brandit en tous sens.

— Montrez-vous… C'est pas drôle…

À ses pieds, une guirlande qu'elle n'avait pas remarquée s'allume. Un chemin. Qui s'achève dans un cercle peint au centre du magasin, pile sous la coupole et les escalators. Dans le cercle, un interrupteur comme celle de la lampe halogène de ses parents. Elle pose son pied sur le bouton, un clic sous la semelle de sa basket.

Aussitôt, au niveau supérieur, deux mannequins taille enfant assis côte à côte sur un rebord s'illuminent. Lucile tressaille : ces enfants de lumière positionnés l'un contre l'autre l'émeuvent.

Une minute plus tard, à cinq mètres de Lucile, une autre scène s'anime, un modèle du rayon adolescent fait clignoter une torche au bout de son bras en plastique. À plusieurs reprises se répètent le même enchaînements de clignotements courts et longs. Du morse ? songe Lucile, bouleversée par ce spectacle qu'elle n'attendait pas. Elle fouille sa mémoire à la recherche des correspondances, retour à l'adolescence…

Trois courts : S

Deux courts : I

Un long : T

Deux courts un long : U

Trois courts un long : V

Un court : E

Deux courts un long : K non U

Un long, deux courts, un long : X

Un court, trois longs : J ou B

Elle a perdu le fil, sa mémoire la trahit, c'est si loin…

Déjà une troisième scène s'éclaire, à gauche, à une dizaine de mètres de Lucile. Vêtus de guirlandes électriques, deux mannequins adultes scintillent sur un canapé et regardent la télévision. *L'Amour est dans le Pré*, à en croire le générique qui résonne dans les enceintes.

Lucile n'a pas bougé, elle demeure au centre du magasin, ébahie par ces scènes qui prennent vie l'une après l'autre autour d'elle. Ces scènes si familières mais qui, parées de cette lumière, recèlent une féerie envoûtante.

Damien…

Les larmes lui viennent à mesure que défilent les souvenirs de leur complicité, illustrés par des êtres de plastique que la lumière emplit de vie. Lucile tourne sur elle-même, elle ne sait plus où donner de la tête, tellement de beauté dans ce magasin qui, cette nuit, palpite d'une poésie extraordinaire. Quel merveilleux cadeau d'adieu !

Tout à coup, tout s'éteint. Lucile cligne des yeux. Soudain, un immense halo l'auréole. Elle virevolte. Le sapin, éclairé de mille feux, juste pour elle. Et cette phrase qui apparaît en immense grâce à un jeu d'ampoules, en lieu et place du panda de cet après-midi : « Si tu veux, je pars. Si tu veux, je reste. »

De nouveau, la nuit.

Puis une nouvelle phrase : « Je t'aime ».

Elle crie :

— Où tu es ?

L'inquiétude la gagne. Elle est peut-être arrivée trop tard, Damien est déjà parti et… Il se dévoile dans l'obscurité, derrière le gigantesque sapin. Aucun mot ne sort. Il se gratte la tête. Lucile sait que la timidité le tétanise et combien lui coûte l'effort qu'il vient de consentir. Elle sourit et, les larmes aux yeux, lève la torche qu'elle tient dans la main. Elle appuie sur le bouton. Le halo clignote.

Un court, trois longs : J

Un court : E

Un long : T

Un court, un long : A

Deux courts : I

Deux longs : M

Un court : E

Puis elle murmure d'une voix brisée d'émotion, tandis que les complices de Damien quittent les lieux en toute discrétion pour ne pas gêner les amoureux :

— Emmène-moi avec toi.

– 54 –

Ceux qui poursuivent leur route

La nuit est tombée sur cette partie du globe. Sous les étoiles particulièrement scintillantes ce soir, les toits se couvrent peu à peu d'une neige épaisse.

Et sous les toits, des fenêtres. Où s'encadre la vie d'une multitude d'êtres humains.

Ceux qui se retrouvent en famille, portent une tenue festive et des cheveux qui sentent bon le coiffeur, s'embrassent et s'échangent des paquets colorés.

Ceux qui regardent les enfants s'amuser avec les emballages et qui, comme leurs parents avant eux, constatent qu'il ne sert à rien de dépenser des mille et des cents quand un bout de carton suffit à les occuper.

Ceux qui se sont déguisés en Père Noël pour émerveiller les plus jeunes.

Ceux qui s'ennuient ferme à table et regardent l'heure en soupirant.

Ceux qui causent politique, religion, sociologie, biologie. Et se disputent, évidemment.

Ceux qui, déjà couchés, ont hâte d'être à demain.

Parmi la multitude d'inconnus, il y a celle qui, alors qu'elle retire ses bottes d'écuyère, découvre un message de Sonia Darc, à la recherche d'un type déguisé en panda. Elle se promet que c'est la dernière fois qu'elle répond à une sollicitation en rapport avec son ancien boulot.

Il y a celui qui, recevant un message de la vraie Sonia Darc, s'extirpe de sa soirée bruyante pour répondre que oui, il serait ravi de la retrouver autour d'un verre.

Celui qui, rouge de soleil et blanc de Biafine, reconquiert son épouse en lui chantant une chanson d'amour lors d'une soirée karaoké d'un hôtel club à l'Ile Maurice.

Celui qui fête Noël pour la première fois depuis quatre ans avec son meilleur ami, son filleul et les filles de son filleul. Et trinque à la santé d'une certaine Brigitte, épouse, mère et amie, qui fut chérie et le restera jusqu'à la fin des temps.

Ceux qui s'aiment au milieu d'un appartement jonché de cartons et qui, en attendant de savoir prononcer des mots d'amour trop longtemps refoulés, se les disent avec les yeux.

FIN

– Merci –

Merci à Monsieur Minou, mon mari, de me supporter dans tous les sens du terme. La scène des lumières dans le magasin, c'est lui. L'idée de la boule magique, c'est lui. La couverture, c'est lui. Les visuels, c'est lui. Il prétendra le contraire mais sachez qu'il il est pour beaucoup dans ce roman et les précédents. Sous ses airs de grand costaud tatoué, Monsieur Minou se révèle finalement bien plus romantique que moi. Comme quoi, il ne faut pas se fier aux apparences.

Je vais vous confier un secret : cette aventure est née d'un défi qu'il m'a lancé dans une piscine au Cambodge. Et si tu écrivais des histoires avec du soleil à l'intérieur ? J'ai accepté, je voulais voir si j'en étais capable, moi, l'angoissée de service.

J'ignorais où ça me mènerait ni si quelqu'un aurait seulement l'envie de lire mes petits romans élaborés sur un coin de table. Aujourd'hui, vous êtes des milliers à m'avoir lue. Vous m'avez souvent découverte par hasard, vous êtes restés et maintenant, vous m'accompagnez. Je n'en reviens pas.

Alors merci pour votre curiosité, votre fidélité, votre bienveillance. Merci pour vos nombreux messages reçus, vos encouragements, votre émotion qui me bouleverse à chaque fois. Quelle chance j'ai de vous avoir.

Voilà longtemps que j'avais envie d'écrire sur l'amitié d'une vie. J'espère que vous avez éprouvé autant de plaisir à découvrir cette histoire que j'en ai pris à vous la raconter.

N'hésitez pas à en parler autour de vous et, si le cœur vous en dit, à laisser un petit commentaire sur Internet. Lucile, Damien, Henri et François ne vivront que grâce à vous.

Si vous avez envie de m'envoyer un petit mot, vous pouvez m'écrire via Facebook, Instagram , ou à :

charliewat.auteur@gmail.com

Je ne suis pas toujours très rapide mais je promets de répondre :)

Je nous donne rendez-vous très bientôt pour de nouvelles aventures et vous souhaite d'ici là de merveilleuses lectures !

Du même auteur :

L'amour à nu (2017)
Une histoire d'amour sans caribou (2017)
J'aimerais quand même te dire (2021)
Toujours en été (2022)

Parus chez Michel Lafon Poche :

Si tu crois un jour que tu m'aimes (2019)
Quand il me prend dans ses bras (2020)

Paru chez Charleston poche :

On s'est aimés comme on se quitte (2021)

Paru chez City Éditions :

Il était encore une fois (2018)

Printed by Amazon Italia Logistica S.r.l.
Torrazza Piemonte (TO), Italy

64988514R00190